NOIR AZUR

Les personnages et les situations de ce récit étant purement fictifs, toute ressemblance avec des personnes ou des situations existantes ne saurait être que fortuite.

Les Six Brumes de la Société Secrète inc.
4905 rue Laurentien
Drummondville (Québec)
J2E 1G4
www.sixbrumes.com

Publié à Sherbrooke par Les Six Brumes
Imprimé au Canada, à Sherbrooke (Québec), par Transcontinental
Distribué au Québec et au Canada par Prologue

Édition : Jonathan Reynolds et Guillaume Houle
Direction artistique : François Pierre Bernier
Direction littéraire : Jonathan Reynolds
Mise en page : Gabrielle Leblanc
Illustration de couverture : François Pierre Bernier

Révision : Chantal Houle

Photographie de l'auteur : Jessica Bradette

Communications : Guillaume Houle
communications@sixbrumes.com

ISBN : 978-2-923864-05-1

Dépôt légal : 4e trimestre 2011
Bibliothèque nationale du Québec
Bibliothèque nationale du Canada

Tous droits réservés
© Les Six Brumes de la Société Secrète inc.

Les éditions Les Six Brumes de la Société Secrète inc. bénéficient des programmes d'aide à l'édition de la Société de développement des entreprises culturelles du Québec (SODEC)

Gouvernement du Québec – Programme de crédit d'impôt pour l'édition de livres – Gestion SODEC

NOIR AZUR

Science-fiction

Dave Côté

À Roxane

1

J'ai l'impression d'être né lors du clignement d'un œil. Qu'à peine un battement de cœur a suffi à me faire jaillir d'un placenta tissé de vide. Tout à coup, je me retrouve devant une fille qui m'observe et je ne sais pas quoi lui dire.

Tout à coup, je *suis*.

Je tourne la tête pour découvrir ce qui m'entoure. Je me trouve à l'intérieur d'un bâtiment. C'est moche. Tout est sale, brisé, troué. À vue de nez, j'ai l'impression d'être dans une ancienne école. Grande pièce qui m'évoque une classe, fenêtres brisées qui ouvrent un mur en entier. Par la porte, j'entrevois un couloir mal éclairé. Des affiches, des plans, des photos et des cartes sont exposés un peu partout. Il y a des armes aussi. Quelques-unes sont soutenues aux murs par des bouts de métal vissés de guingois.

Cette fille me fixe toujours. Il faudrait bien que je lui dise quelque chose. Elle a de jolis yeux, grands, implorants, humides. Ses cheveux courts sont de couleur foncée, difficile d'être plus précis à cause de la pénombre. Sa bouche n'est pas particulièrement invitante à cause de ses dents trop parfaites. On leur devine une intervention extérieure. Cette idée me répugne.

– Qu'est-ce qu'il y a ?

C'est moi, ça. J'ai parlé pour la première fois de toute ma vie. Ma première phrase aura été une question.

– Euh, je... Salut.

La fille semble troublée. Ma foi, elle me dévisage comme si j'étais son idole ! Elle ne me plaît pas du tout. Il y a des gens, comme ça, qui ne vous plaisent pas sans raison apparente.

– Salut.

Point. Si elle croit que je vais fournir le moindre effort pour maintenir une conversation avec elle...

Je me détourne et cherche quelque chose du regard sans savoir quoi précisément. Elle s'obstine.

– Est-ce que tu es ici depuis longtemps ?

– Non. Je viens d'arriver.

Sans me retourner.

J'aperçois sur une table un objet qui me semble étrange. J'approche.

– Je m'appelle Mirva.

– Hum.

Inutile de lui avouer que j'ignore mon propre nom. Un plan pour attirer son attention davantage. Je la vois déjà, les yeux lumineux, sautillant sur place et couinant que c'est extraordinaire. « Es-tu amnésique ? Est-ce que je peux t'aider d'une quelconque manière ? » Non, merci, sans façon. Pour l'instant, j'aimerais mieux comprendre seul ma soudaine existence.

L'objet valse entre mes mains. J'ignore ce que c'est, mais je m'efforce d'afficher l'air de celui qui s'y connaît. J'en profite pour l'examiner plus attentivement. Il tient tout juste dans la paume, il a une forme à peu près ronde. Plusieurs irrégularités en dépassent, on dirait des branchements.

– C'est une pièce de Pierrot. Il est en réparation.

Ah bon. On donne des noms aux machines ici ?

– Il a été attaqué par des oiseaux, nous avons pu le sauver de justesse.

– Et que fait Pierrot ? Le lavage ? L'échantillonnage d'ADN ?

D'où est-ce que je sors ça ?

La fille sourit. À voir l'éclat qui pétille dans ses yeux, je devine qu'elle va m'expliquer. Et qu'elle va en tirer un immense plaisir.

– Pierrot est le seul robot que nous avons réussi à reprogrammer.

Un robot… Pourquoi ce mot m'est-il si familier ? Et surtout repoussant ? Je lâche la pièce mécanique comme s'il s'agissait d'un morceau de chair en décomposition.

– C'était un cartographe, je crois. Il voyageait pour dresser un portrait géographique de la région. C'était peine perdue. Quand nous l'avons trouvé, les batteries à plat, il avait plus de trois cents versions différentes de la région.

– Euh… Mirva ? C'est où, ici ?

– Le local 101 ! C'est ici que nous nous réunissons pour discuter. Ou pour apprendre l'alphabet.

Elle rit en me montrant du doigt un tableau sur le mur où achèvent de disparaître les vingt-six lettres de l'alphabet. Ce qui confirme mon hypothèse de l'ancienne école.

– Vim sait-il que tu es déjà arrivé ?

Vim. Un mec s'appelle Vim ? Étrange, j'ai plutôt l'impression que ce nom désigne un produit nettoyant.

– Il n'aurait pas le même nom qu'un détergent, ton ami ?

– Oui.

La fille baisse le regard, mal à l'aise. Hum. On touche un point important.

– Mais comment est-ce possible ?

– Tu n'es pas au courant ?

Elle sourit, cachant mal la tristesse dans son regard.

– J'imagine que ta vie a vraiment été idéale.

La conversation s'engage dans une direction que je n'aime pas. Je ne sais pas d'où je viens, et j'ai peur de paraître louche si le sujet est abordé. Et puis, je ne vais tout de même pas m'inventer un passé pour plaire à une fille qui m'énerve.

Les cartes au mur.

Je m'y précipite comme sur une bouée de sauvetage.

– C'est de ça qu'a l'air la région ?

Mirva fronce les sourcils et hésite une fraction de seconde avant de répondre.

– C'est le monde connu.

Merde. Un doute dans sa voix. J'aurais dû le savoir. N'importe qui connaît le monde connu, cela va de soi. J'aurais dû reconnaître cette carte. Ça y est ! Elle me trouve étrange. Je dois arranger ça. Je ne sais pas si j'ai l'intention de rester dans ce bâtiment, mais il se peut que j'y sois forcé. Je ne dois pas paraître suspect.

Je ris. Mon rire semble vrai. En tout cas, à mes oreilles.

– Le monde connu de *vous*. Je viens d'une région qui n'est pas sur votre carte.

Elle se matérialise à côté de moi tel le trou laissé par une balle de fusil.

– Ah oui ? En plus ?

En plus de quoi ?

Tant pis. Je verrai plus tard.

– Oui, mais tout est détruit. Je n'ai pas envie d'en parler.

– D'accord… Mais promets-moi de me raconter plus tard.

Elle ose me demander ça avec une tentative de sourire charmeur.

Je m'écarte pour la dévisager, jusqu'à ce qu'elle détourne le regard. Elle croit me faire de l'effet, ou quoi ? Mal à l'aise, elle change de sujet.

– C'est vraiment un plaisir de t'avoir avec nous. Je vais te montrer ta chambre.

Nous sortons du local 101, et nous nous retrouvons dans le couloir, dont les murs sont recouverts d'une couche de cartes et de vieilles photographies. On peut y voir des paysages campagnards qui se prélassent sous des ciels bleus.

Mirva tend la main vers ces images.

– Comme nous vivons loin de tout, certains se sentent seuls. Ces photos anciennes qui montrent le ciel d'autrefois sont une façon de garder le moral. Bien entendu, nous formons une communauté très soudée, mais certaines blessures ne guérissent pas aussi facilement.

Je hoche la tête, faute de mieux.

– Est-ce qu'on t'a déjà raconté qu'une grande ville s'étendait autour de notre base il y a une dizaine d'années ? Quand elle a été rasée pour être remplacée par une forêt de panneaux publicitaires géants, un actionnaire de Sony a fait des pressions pour garder l'école intacte. Il prétextait agir ainsi pour conserver l'établissement à des fins historiques, mais c'était simplement pour le transformer en résidence secondaire. Le projet a avorté quand l'actionnaire en question s'est suicidé sans laisser d'explication. Des vandales ont fini par détruire les panneaux, mais nous avons pu en récupérer quelques-uns pour réparer des murs effondrés.

Je continue de hocher la tête comme si j'étais vaguement au courant de tout ça. Raser une ville pour installer une forêt de panneaux publicitaires ? Qu'est-ce que c'est que cette connerie ? Je me demande bien dans quel pays je me trouve.

Nous arrivons enfin à ma chambre. Nous entrons dans une pièce où se superposent deux paires de lits. C'est la première fois que je vois un lit, mais je sais ce que c'est. De même que je sais ce qu'est un plancher, un plafond, des vêtements… Je suis amnésique. Je ne vois pas comment je pourrais savoir toutes ces choses, alors que j'ignore qui je suis. J'ai forcément un passé, une mémoire qui n'a gardé que ce savoir impersonnel. L'idée est angoissante. J'aime mieux, pour l'instant, me concentrer sur la visite de ma nouvelle chambre.

– Tu peux choisir où tu veux dormir. On a préparé cette chambre pour toi seul.

– Bien.

Au moins, je serai tranquille. Quelque chose me dit que je vais avoir besoin d'un endroit pour être seul. Je viens de naître après tout. Je dois réfléchir.

– Tu n'as pas de bagages ?

– J'ai l'air d'en avoir ?

– Bien sûr. Pas pour passer seulement une nuit ici.

Silence de la fille.

– J'aimerais être seul maintenant.

La pluie.

Le noir. Elle.

- S'il te plaît ! Fais-le !

Elle pleure.

Des larmes sur mes joues. Des gouttes de pluie dans mes yeux.

La nuit.

La pluie. Assourdissante. Elle se tient là, en face de moi, à genoux, ses fragiles mains accrochées à ses propres épaules, me regardant, m'implorant.

Un seul mot virevolte dans ma tête : non, non, non, non !

Elle enveloppe mes mains avec les siennes. Puis, elle répète.

« Jure-le-moi, Ryle. Sur notre amour. »

Je hurle que je ne veux pas, mais son regard reste enfoui dans le mien.

Je hurle, et elle chuchote. Je n'entends qu'elle.

« Jure-le-moi. Sur notre amour. »

Non.

Je ne peux pas le promettre ! Je ne veux qu'une chose : la mort ! La libération et la fin de toute chose ! Notre mort à nous deux, dans ce qui nous reste de pureté !

Mais je ne peux pas fuir sa présence. Son insistance.

Elle ne me laisse pas le choix.

– Promets-le-moi.

Le tonnerre.

Nous sursautons tous les deux. On dirait le bruit de

mon âme qui se déchire.

– D'accord. Je le promets.

Nos âmes indissociables.

– Je t'aime.

La pluie.

La pluie.

La pluie.

2

– Je suis ravi que vous aimiez notre base.

C'est Vim. Il est devant moi, je suis debout, dans ma chambre. Qu'est-ce qu'il fait dans ma chambre ? Quand est-il entré ? Comment sais-je qu'il s'agit de Vim ?

– C'est tout un honneur de vous recevoir ici.

Je souris. Ça ne peut pas faire de tort. Mais je ne dois pas avoir l'air très convaincant; Vim me regarde d'un drôle d'air.

– Est-ce que ça va ?

Il fronce les sourcils. C'est lui, Vim ?

– Ouais, je... me disais simplement que ça fait loin de chez moi.

– Ah, je vois. Mais vous devez avoir l'habitude de voyager, pourtant.

– Ouais.

Il se contente de sourire et me donne une tape amicale mais solide sur l'épaule. Je ne vacille même pas. Je devine que je suis un type en forme.

Vim est un peu plus grand que moi, il est musclé et n'a pas de cheveux. Ses sourcils fournis contrastent avec son crâne et lui donnent un regard profondément… poilu.

– Mirva m'a dit que vous veniez du monde inconnu ? Je croyais pourtant que vous étiez natif de la vieille RiveReine.

RiveReine ? Réagir. Vite. Ne pas semer de doute.

– Oui, en fait, j'ai grandi à RiveReine, mais j'ai vite quitté le nid familial. Je ne vis plus là depuis des années. J'en suis venu à considérer que je viens « d'ailleurs ».

– Bien sûr. Vous voyagez beaucoup.

Qu'est-ce qu'ils ont tous à me connaître autant ? Pourquoi me vouvoie-t-il ?

Qui suis-je à la fin ?

– Oui, intéressant. Mais épuisant aussi.

– Je n'en doute pas, me sourit-il.

Il pose sa main sur mon épaule.

– Je n'arrive pas à y croire. Vous, ici ! Je n'aurais jamais cru que vous vous intéressiez à nos projets. C'est si… abstrait.

Je ne dis rien. De quoi parle-t-il ?

Merde. Il attend une réponse.

– Vous avez tort. C'est passionnant ! Et si ma présence peut vous aider en quoi que ce soit, j'en suis ravi.

Il faudrait vraiment que je découvre mon passé le plus tôt possible. Et que j'en apprenne plus à propos de…

Hum, à propos de tout. Ce genre de conversation à l'aveugle va vite devenir insoutenable.

– J'ai hâte à demain !

– Moi aussi, Vim.

J'observe attentivement son visage. Comment réagira-t-il ? S'identifie-t-il à ce nom ?

On dirait que oui. Du moins, il ne réagit pas comme si je m'étais trompé.

– Pour tout de suite, est-ce qu'il y a quelque chose à faire ?

– Ah ! Vous êtes bien le Ryle dont j'ai entendu parler. Infatigable. Non, finissez de ranger tout votre attirail et reposez-vous. Nous nous chargeons du reste.

Ryle ?

Je fais un signe de la main que Vim semble trouver bien rigolo, ou sympathique. Il s'en va et laisse la porte entrouverte derrière lui.

Ryle ?

Ce nom m'est familier.

Une fois hors de ma chambre, Vim me crie une dernière chose :

– J'espère que vous aurez le temps de rester jusqu'à demain soir, à la fête ! Tout le monde a très hâte de vous parler.

Ryle.

Ryle ?

Bon. Je ne me souviens pas avoir commencé à m'installer, même si Vim m'a dit que je peux prendre le temps de finir de le faire. Je ne me souviens même pas du début de notre conversation. Aurais-je des absences ? Des trous de mémoire ? Cela expliquerait bien des choses. Mon impression de naître en plein milieu d'une vie, entre autres. Peut-être ai-je tout oublié avant mon arrivée ici ? Au moins, je connais un lieu. Rivereine. Je viens de là.

C'est le genre de chose dont je dois me souvenir.

Qu'est-ce qui m'a amené ici ?

Sur l'un des lits se trouve un sac de voyage, que je devine être mes bagages. À l'intérieur, pêle-mêle : du savon, un rasoir, de la crème à raser que j'ai déjà l'impression de détester, des vêtements luxueux, plusieurs paires de chaussures, quelques livres…

Selon Vim, je dois passer seulement une nuit ici. Ai-je apporté tout ça pour deux jours ? On dirait les bagages d'un voyageur parti pour deux semaines.

Dans mon sac de voyage, je découvre un autre sac, plus petit, dans lequel il y a des documents. Des photos, des coupures de journaux, des lettres. Il y a un homme qui apparaît souvent sur ces photos. Il me semble très familier, j'imagine que ça doit être moi. Comme je ne me suis pas encore regardé dans un miroir, je ne peux pas en être certain.

Tiens. Intéressant. Je comprends pourquoi j'ai l'impression d'être si célèbre. Je suis hockeyeur. Et pas n'importe lequel. J'ai gagné plusieurs prix, tournois et compétitions. Une coupure de journal fait mention de mon « retour fulgurant » dans le monde du hockey, il y a environ deux ans. Mais qu'est-ce que je peux bien faire ici, alors ? Une partie de hockey dans cette vieille école pourrie? Les lettres viennent d'anciens coéquipiers qui me souhaitent bonne chance. Elles sont toutes très brèves et froides. Peut-être ai-je entrepris quelque chose qui ne leur a pas plu.

Tout en réfléchissant, je range mes choses un peu partout, les entreposant dans des armoires ou des tiroirs. Sans grand entrain, car j'ai l'impression de faire le ménage pour quelqu'un d'autre. Il y a tant de trucs à ranger !

Tiens. Un lit est défait.

Est-ce moi qui y ai dormi ?

Peut-être que je tolère mal le sommeil, ou que j'y sombre trop profondément. Peut-être qu'il me faut un certain temps avant de m'en extraire, ce qui expliquerait ces trous dans mes souvenirs. J'ai l'impression que cela devrait me plonger dans une angoisse sans nom, mais ce n'est pas le cas. Je suis inquiet, oui, mais quelque chose d'autre me semble plus important. Sauf que je ne sais pas de quoi il s'agit.

En plus, cette fille qui me reste dans la tête.

Mirva.

Elle ne semble pas vouloir en sortir; j'y pense toujours.

Il me reste, d'après la lumière du jour, au moins trois heures avant la tombée de la nuit. J'ai envie de marcher. Je sors de la chambre, et mon pied se prend dans un objet posé sur le seuil de la porte. Je perds l'équilibre. Le coude engourdi par le choc, je me retourne, curieux de savoir ce qui a causé ma chute.

Un sac immense et de l'équipement sportif. Est-ce Vim qui m'a apporté cela tout à l'heure ?

Je vois maintenant de quel attirail parlait Vim.

Je soupire et pousse les bagages dans ma chambre. Rien à foutre, je n'ai plus envie de jouer à la bobonne pour le moment.

Je rangerai tout ça plus tard.

J'explore les couloirs sombres de l'immeuble. Même si les murs sont manifestement vieux, l'endroit donne une impression de vie saine. Le plancher est propre, les murs unis, et des marques de peinture fraîche démontrent un entretien régulier. Comme si des gens consciencieux avaient décidé d'emménager dans une ruine. Je ne croise pas beaucoup d'autres personnes. Des petits groupes formés de trois ou quatre individus qui discutent. Ils sont tous plutôt décontractés, les hommes portent la barbe, leurs vêtements sont usés. Il y en a même qui dessinent sur les murs. Plusieurs illustrent des plaines surmontées de ciels bleus.

Ils ne me quittent pas des yeux quand je passe. Je dois être vraiment célèbre. Mais personne ne semble vraiment sportif, alors qu'est-ce que je peux bien faire ici ?

Un enfant se plante devant moi, sortant de nulle part. Il est mince. Il a l'air malade. Ses bras sont maigres, et ses os sont visibles sous sa peau. Ses cheveux tombent en désordre le long de son visage sombre aux yeux cernés. Les mèches les plus courtes lui pendent devant les yeux, tandis que les plus longues, qui coulent de façon irrégulière, descendent sur ses épaules.

Toutefois, malgré son apparence générale, ses yeux pétillent de vie et, surtout, d'intelligence.

– Quoi ?

J'ai parlé d'un ton brusque et impatient, qui correspond tout à fait à mon humeur. J'ai hâte de comprendre ce qui se joue ici, et ce n'est sans doute pas ce gamin qui va m'y aider.

– C'est toi, Ryle ?

– Ouais, qu'est-ce que tu me veux ?

Et il s'en va. Effronté.

Il m'a enlevé l'envie de marcher celui-là. Je me réfugie dans ma chambre.

Je retourne à mon ménage, mais je me laisse tomber bien vite sur le lit. Vraiment, ça ne sert à rien. Cet équipement sportif prend trop de place; je ne sais pas où le ranger. J'ouvrirais mes valises pour les renverser sur les meubles et dans les tiroirs, le résultat serait sans doute le même. Ou meilleur.

Il fait noir. J'en ai marre. Tant pis, je laisse la chambre comme elle est. Je n'aurai qu'à tout laisser là quand je repartirai demain.

Soudain, le plancher vibre, les murs se fendillent, de la poussière tombe du plafond.

Je perds l'équilibre.

Mon esprit s'emballe. Qu'est-ce qui se passe ? La guerre ? Une bombe ? Une catastrophe naturelle ?

Je me sens soudain prêt à tout, comme si mon corps savait davantage comment agir que ma tête.

Des cris confirment mes craintes.

Des gens courent dans le couloir. Je les rejoins. Je les dépasse.

Je sors. La nuit est opaque et froide. Quelque chose bouge au loin. Personne devant moi. Des cris derrière. Quelqu'un crie même mon nom. Je crois.

Je suis à quelques dizaines de mètres de la base maintenant. Je cours sur un chemin de terre que j'ai peine à discerner. Soudain, le sol devant moi s'effondre, et j'arrête de courir juste à temps. Des bruits troublants s'échappent du sol. Il glougloute. Je perçois un mouvement au-dessus du chemin. On me touche, mais je ne perçois qu'un contact léger, presque gazeux sur mon épaule. Je suis complètement concentré sur cette chose qui bouge là-haut. Dans le ciel noir.

Quelqu'un a une lampe de poche, mais il s'obstine à la diriger à ses pieds. Je la lui arrache des mains et la dirige vers le ciel. Il me faut quelques secondes pour trouver la créature, car elle se déplace très vite, mais je finis par l'épingler de mon rayon de lumière.

Pendant une seconde seulement.

Elle est si laide que je me fige dès l'instant où je la distingue, la laissant à nouveau se fondre dans le noir. Il s'agit d'un monstre immense, faisant au moins cinq mètres d'envergure, qui vole lourdement dans les airs. Mais ne pas le voir est encore pire; il pourrait se trouver n'importe où ! Je l'éclaire à nouveau avec la lampe. Il est difforme. Ses pattes pendent dans des directions incongrues, sa peau est visible à cause de plaques dépourvues de plumes, ses yeux reflètent la lumière et émettent une lueur glauque.

Je sursaute, et un cri se coince dans ma gorge, alors qu'on me secoue l'épaule.

Une voix qui semble me parler depuis déjà longtemps devient tout à coup audible.

– … te prend ? Pourquoi tu fais ça ?

– Je cherche à mieux distinguer cette chose, quelle question !

– Tu n'as jamais vu d'oiseaux ?

Je me retourne. C'est Mirva. Encore elle.

– Un oiseau ? Ce monstre est un oiseau ?
Elle rit.
– Charmant.

Bravo, Ryle ! Bravo, Ryle !
La glace.
Des gens qui applaudissent.
Les gens se foutent du sport, ce qu'ils veulent voir, c'est du sang.
Le monde peut bien s'effondrer dans un nuage de cendres, je m'en fiche. Je suis déjà mort de toute façon. Comme tout le monde. Mes copains sont morts, mon travail est mort, et il me permet de rencontrer des tas de gens morts.
Personne ne parle jamais de tout ça. Personne ne semble même le savoir.
Je suis joueur de hockey.
Le hockey. Qui est devenu aussi malsain que le reste. Vous comptez un but, vous donnez deux points à votre équipe. Vous tranchez la gorge d'un joueur adverse avec votre bordel de patin, vous en avez trois. Vous vous battez ? Un point. Du sang ? On vous laisse plus de temps dans l'espoir de vous voir marquer deux autres points d'un coup.
De la merde.
Un spectacle de mort pour les morts.

Je joue au hockey pour me défouler, pour tuer, pour divertir, pour mourir. Mon agent est un robotisé de seconde génération, de ceux qui savent prévoir. Il calcule tout pour me rendre plus populaire, pour prolonger ma carrière. Ce match-ci, je devrai tuer deux joueurs, un durant la deuxième période et un vers la fin de la troisième. Les derniers matchs ont été trop ennuyants; il faut de l'action. C'est le moment de frapper fort. De tuer, d'inonder la foule avec du sang.

Mais... ce soir, je la vois pour la première fois. Elle me regarde avec l'air de comprendre trop de choses à la fois.

Avec ses yeux qui hurlent. Elle est si belle. Que fait-elle devant un spectacle aussi barbare ?

Alors, je baisse les yeux, et cette jambe inerte me saute au visage... La ligne bleue qui passe juste en dessous, le sang qui se fige sur le froid de l'arène.

Alors, je me dis : je viens de tuer un homme. Pour rien. Absolument rien.

Tout bascule tout à coup, et le regard de la fille se plante en moi comme un pieu dans ma poitrine.

J'ai la certitude que nous comprenons la même chose, en même temps.

La honte.

Je ne bouge plus, et la foule me hue. Elle veut que je piétine le joueur couché en face de moi.

Nous nous sommes bien battus, mais j'ai eu le dessus. Je finis toujours par avoir le dessus. C'est peut-être la colère d'être en vie qui me donne la force de tuer.

Ce type est couché devant moi, se vidant de son sang, attendant d'être haché par mes habituels coups de patins, mais je ne veux plus.

La honte.

Alors, je pars. La foule rage, on me lance toutes sortes d'objets, mais je m'en fous.

J'ai déjà atteint le maximum de souffrance que je peux supporter.

J'ai déjà trop mal.

Beaucoup trop.

3

J'arrête de rire. Pourquoi je riais ? La première chose que je sais, avant même de comprendre où je suis, avant même d'entendre la musique assourdissante, c'est que je suis fatigué. Je m'endors, le goût de l'alcool flotte sur ma langue, et mes muscles me font mal. Du sang séché colore la base de mes ongles, et plusieurs coupures raidissent l'intérieur de mes doigts. Je me sens comme si j'avais passé des heures à ramper sur de la terre boueuse.

D'ailleurs, après examen, des grains de sable se trouvent sous quelques-uns de mes ongles.

Le premier choc passé, j'essaie de comprendre où je me trouve. Il fait noir, il y a de la musique, plein de gens, de la chaleur, des odeurs mélangées et un verre presque vide dans ma main. Ma tête tourne. Je suis seul, debout au milieu d'une foule anonyme.

Des gens me regardent en souriant. Eux aussi riaient il y a quelques secondes. Peut-être (qui sait ?) est-ce moi qui vient de raconter une blague ? Je leur fais signe de la main.

Merde, qu'est-ce que j'ai ? D'où viennent ces damnées absences ? Et combien de minutes me manque-t-il cette fois ? Combien d'heures ?

J'ai mal à la tête, mes oreilles bourdonnent, les gens me bousculent, me saluent, me sourient, me touchent, me parlent, me puent au nez, me poussent, m'encerclent, me délaissent…

Quelqu'un. Il me faut quelqu'un que je connaisse, pour me prouver que je n'ai pas changé de pays, de planète, de corps. Je repère quelque chose qui me semble familier, puis je comprends qu'il s'agit seulement d'un casque de hockey que porte quelqu'un. Il me l'a volé ? Que s'est-il passé pendant mon absence ? Pendant quelques secondes de pure panique, j'ai l'impression que je pourrais m'éteindre comme on souffle une bougie. Je semble m'absenter et revenir au hasard, sans rien à quoi m'accrocher. Je pourrais aussi bien disparaître à jamais, de la même façon dont je suis né !

L'air manque, je glisse ma main entre mon chandail et ma peau, je sue. Ma bouche est ouverte, je suis un poisson sur la berge. Je me noie dans l'abondance. Je prends une ultime bouffée d'air et la garde une longue seconde dans mes poumons. Je vais hurler. Je vais hurler. Je hurle…

Presque. Juste au moment où ma gorge s'ouvre pour laisser exploser ma panique, une main m'agrippe. Je me retourne, mes yeux rebondissent à la recherche d'un visage connu. J'ai du mal à relier la main qui me touche à un individu. C'est une bête à cinq pattes avant d'être une main. Je cherche. Je ne vois qu'une foule envahissante.

On me parle.

– Ryle !

Jeune, dans la vingtaine. Je ne devrais plus m'en étonner, mais ce jeune homme me connaît. Il a les cheveux blonds, coupés un peu n'importe comment. Est-ce si difficile d'avoir une coiffure décente ?

Il porte des lunettes un peu tordues et des vêtements usés par endroits. Je ne l'ai jamais vu. Il faut que j'aie l'air normal. Même si je viens de passer à deux doigts de la crise de panique. Même si mes mains humides se torturent elles-mêmes dans mes poches.

Mes souvenirs reviennent. Je suis dans une base. J'ai rencontré Mirva et Vim, puis un enfant. Ceci est une fête (nous sommes déjà demain soir ?), probablement donnée pour célébrer ma visite chez eux.

– Ouais ?

Un bref silence s'installe entre nous. Je le laisse le briser. De toute façon, pas le choix, je n'ai aucune idée de la manière dont je pourrais poursuivre la conversation.

Le blond finit par ouvrir la bouche.

– Qu'est-ce que ça fait de fêter un peu ? En ville, ils ne font plus ça depuis tellement longtemps ! J'adore ça !

Je le regarde se trémousser au son de la musique pendant quelques secondes. Il semble vraiment satisfait de me montrer à quel point il s'amuse.

– C'était vraiment génial ce que tu disais à propos de courage. Ça m'a vraiment touché, tu sais, et c'est inspirant pour… les… expéditions…

Il a visiblement trop bu. Le voilà qui s'interrompt pour sortir quelque chose de sa poche. C'est une rondelle de hockey. Signée de ma main, semble-t-il.

– Je vais la garder sur moi, toujours !

Il rigole, comme si je devais comprendre de quoi il parle, là, tout de suite. Je réponds à sa bonne humeur, par politesse. Il va bien falloir que je parle maintenant, mais j'ai autre chose en tête. Des pièces tombent en place. Se pourrait-il que j'aie fait une sorte de discours ? M'aurait-on invité pour enflammer le moral des troupes ? Pour faire des cadeaux, serrer des mains et prendre des photos ?

– Excellent ! Tu verras qu'elle te portera chance dans…

N'hésite pas, n'hésite pas, n'hésite pas.

– … tous tes projets.

Quels qu'ils soient.

Sa tête tombe vers l'arrière. Il est mou, ça me répugne.

– Vous ne pouvez pas savoir comment ça me fait plaisir…

Son haleine empeste. J'en ai marre.

– Bon, excusez-moi, je…

– Vous êtes vraiment mon idole ! Quitter la violence même au prix de la gloire… Personne ne se battait comme vous, vous deviez gagner tellement d'argent !

Me battre ?

Il met sa main sur mon épaule une brève seconde avant de partir.

Au moins, j'ai à peu près retrouvé mon calme.

Je jette un regard autour de moi pour trouver la berge de cette mare humaine.

Un lointain halo m'indique l'emplacement de la sortie, et je tente de me faufiler à travers la foule tout en restant discret. Quelques individus m'agrippent le bras lorsque je passe près d'eux et me parlent de façon incohérente. C'est agressant, très agressant. Je veux sortir, respirer de l'air frais. Je crains d'avoir trop bu, mes pas sont mous, je me sens étourdi, cotonneux.

Je perds patience lorsque deux mains viennent me saisir les épaules. Je me retourne d'un bloc, sentant la chaleur de la colère bouillonner dans ma poitrine.

La fille. Cette damnée Mirva. Qui me tire vers ce qui semble être une piste de danse.

Désolé, mademoiselle, vous avez choisi la pire minute qui ait jamais existé pour me contrarier.

Je lui prends les poignets et la repousse violemment. Je lui fais un petit salut de la main en affichant un sourire tout ce qui se fait de plus faux. Je me cache dans la foule houleuse, direction : sortie.

– Ryle !

Ta gueule.

– Ryle ! Il faut qu'on parle au moins un peu ! Ne pars pas !

Merde, je veux partir. Seul, dans ma chambre. Si je réussis à la retrouver. Sinon, je veux être simplement dehors. N'importe où, sauf ici.

Pourquoi je réagis comme ça ? D'où vient toute cette colère ?

– Ryle !

Ta gueule.

Ta gueule !

Je sors de l'aréna, et je tombe assis par terre. J'ai encore mes patins aux pieds. Ils me dégoûtent, mais je n'ai pas la force de les enlever.

Je n'ai plus la force de rien faire.

J'ai mal.

J'ai honte.

Toute l'horreur que personne ne semble voir ni comprendre, elle me tombe tout à coup dessus, en bloc compact et de tout son poids.

Cette femme. J'ai envie de l'aimer, mais pas dans ce monde. Je veux vivre avec elle dans un monde aussi beau qu'elle. J'ai l'intime conviction que si nous nous aimons, notre amour sera gâché par... tout le reste.

L'amour ?

Ce dont j'ai envie semble encore plus grand que ça. Comme si la vie elle-même tentait une dernière fois sa chance avec nous deux.

Mais nous la laisserons passer, cette chance.

Je le sens.

1

– C'est vraiment sympa d'être resté plus longtemps.

Pourquoi suis-je assis sur un banc à bout de souffle ?

Un bâton entre mes mains, la sueur qui colle à mes vêtements, l'odeur familière d'un gymnase…

Devant moi, une dizaine de gens courent derrière une rondelle.

Hockey. Sans glace, mais hockey tout de même.

Je réponds sans offrir un seul coup d'œil à mon interlocuteur, que je ne connais sans doute pas de toute façon.

– C'est un plaisir.

– Et pour nous, un honneur.

Il me donne une tape dans le dos.

– Allez ! La partie est loin d'être gagnée !

Un joueur s'avance vers nous pour être remplacé. Sans me faire prier, je me lève et cours vers la rondelle.

Je sais bien qu'il faut frapper cet objet dans le but de l'équipe adverse, mais… rien de plus. Je ne connais pas les règles en détail.

Je reste en mouvement, sentant bien que tout le monde m'observe.

Merde !

Pas besoin de tout savoir du hockey pour deviner que je joue comme un pied.

Je dois réagir.

Je me prends la jambe.

– Une crampe ! Merde !

On repassera pour l'originalité.

Des grondements de déception. On s'approche de moi, pour m'aider.

– Tu viens de te rendre compte que tu ne vaux rien, Ryle ?

Les gens chuchotent, mal à l'aise. Un grand homme aux sourcils primitifs se dresse devant moi. Les autres ne partagent manifestement pas son avis, mais n'osent rien dire.

– Je le savais. Tu ne vaux rien au hockey. T'as pas changé. T'es juste un bagarreur de rue.

Je me relève. Je me surprends moi-même à être en colère. Je ne devrais pas, c'est trop risqué, mais…

Je sens aussi que les autres voudraient que je me mette en colère. Puis…

Bravo, Ryle !

Une jambe. Inerte.

Un patin.

Ryle ! Ryle !

La glace.

Quelque chose, comme un rêve, me revient. La bataille. C'est ça, le hockey. C'est ça qui m'a rendu célèbre.

Les gens se foutent du sport, ce qu'ils veulent voir, c'est du sang.

Qui a dit ça ? Cette phrase m'est terriblement familière, usée.

J'ai l'impression de l'avoir répétée si souvent déjà.

C'est ça. Cet imbécile veut me mettre au défi, il veut se battre avec moi. Je dois agir vite. Je n'ai pas envie qu'il frappe le premier, il est plus grand et plus musclé que moi. Je brandis mon bâton et le frappe à la hauteur du visage. Il s'était départi de son propre bâton, peut-être pour me frapper de ses poings (est-il préférable de frapper une vedette avec un bâton ou avec ses poings nus ?), mais il n'est pas question que je lui en laisse la chance. Il a levé ses bras pour se protéger, et mon arme se brise sur ceux-ci. Il hurle de douleur et se jette sur moi, mais je le frappe encore, cette fois en me servant du bâton cassé comme d'un poignard. Il y a une petite, toute petite voix en moi qui s'insurge contre un acte aussi insensé. Je ne l'écoute pas. Une giclée de sang me brouille la vue, le type hurle, des gens se précipitent sur moi en criant.

Je les laisse m'emporter.

Ça aussi, ça me semble terriblement familier.

Qu'est-ce que j'ai fait ? Pourquoi suis-je allé aussi loin ?

Je suis seul avec Vim. Nous sommes tous les deux à l'extérieur du gymnase, dans un petit local gris.

– Qu'est-ce qui t'as pris ? Finn est ici depuis très longtemps, et il nous aide depuis le début !

– Il me cherchait.

– Ce n'est pas le genre de réaction que j'attendais de toi. Je suis très déçu.

– Je sais.

Vim me dévisage de ses yeux poilus. Il est plongé dans une colère volcanique.

– J'étais vraiment content que tu viennes ici.

Tout à coup, je n'ai plus envie de faire semblant. J'en ai assez de ne rien comprendre. Je hausse les épaules. Je me fous de tout ça. De toute façon, je vais zapper et passer au chapitre suivant d'une minute à l'autre. Vim frappe son bureau du plat de la main.

– Comment peux-tu réagir de la sorte ! Tu es un modèle pour ces hommes !

– Je suis un modèle de quoi ? J'ai seulement fait ce que je fais toujours. On ne m'applaudit pas parce que je compte des buts, mais parce que je me bats.

J'ignore pourquoi, mais j'en suis certain.

J'ai cette image d'un sport dénaturé qui a transformé la glace en une immense arène. Ça me vient certainement des souvenirs de Ryle.

– Tu as quitté le hockey ! Ton beau discours, c'était pour quoi ? Ce n'était pas pour lutter contre la violence ?

Je croyais que tu étais de notre côté. Que toi aussi, tu n'en pouvais plus de ce monde qui ne tient pas debout !

Vim postillonne.

– Plus personne ne cherche, Ryle ! Tout le monde a accepté son sort, c'est fini ! Il n'y a plus que nous ! Et je croyais sincèrement que tu pouvais être l'un des nôtres. Du moins, je n'aurais jamais imaginé que tu viennes miner le moral de notre groupe de la sorte.

Il plante sur moi son regard enflammé.

– Je vais devoir te demander de partir maintenant.

Aucun problème. Rien ne me retient ici. Je n'ai qu'à aller à RiveReine, ma supposée ville natale. J'y trouverai bien des réponses. Je quitte le petit bureau où Vim m'a emmené presque de force quelques minutes plus tôt, et me dirige vers ma chambre.

Seul.

Enfin.

Tiens, les choses sont rangées. J'ai l'impression que, maintenant, tout occupe sa place, même si je ne connais rien à ces objets. Je sais encore moins quelle place ils devraient occuper, mais c'est comme ça. Ma chambre a l'air propre, à l'exception de quelques canettes de bière vides, sagement empilées dans un coin de la chambre.

Je prends quelques affaires : des vêtements, un peu de nourriture. Le minimum.

Je m'en vais.

Je trouve mon chemin vers la sortie sans problème. Au visage de ceux qui me voient sortir, je devine que je ne suis plus du tout leur héros. Les nouvelles vont vite dans cette petite communauté. Finn devait avoir beaucoup d'amis.

Je franchis la porte de l'école, et je sors. Ce que je vois me coupe le souffle.

Le monde ne tient plus debout. Vim a dit ça. Je n'ai même plus l'impression de tenir en un seul morceau moi-même.

Je n'avais rien vu la dernière fois, c'était la nuit. De grandes structures en métal, qui s'apparentent à d'immenses pylônes, sont réparties à distance égale et à perte de vue. Elles atteignent une telle hauteur que leur sommet se perd dans une perspective hallucinante. Ces structures semblent supporter le toit du monde. Littéralement.

Entre les points les plus élevés de chaque groupe de trois ou quatre pylônes, une sorte de tissu est tendu Comme si le ciel n'était qu'une vieille toile ne tenant plus par elle-même. Le bleu (*le ciel est si bleu ! Bleu !*) qui semble d'un ton trop foncé dégage une impression de faiblesse maladive. À quelques endroits, je n'ose pas vraiment y croire, mais je jurerais que des trous, des déchirures percent sa surface.

Il ne tient plus par lui-même.

Cette idée me fait frissonner. Comment expliquer un tel phénomène ? Comment le ciel, que je croyais être quelque chose d'abstrait, une simple couleur envoyée par la densité de notre atmosphère, comment peut-il se déchirer et se décoller de la voûte céleste ?

Je suis étourdi.

Je m'assois par terre, incapable de tenir debout.

J'ai beau essayer de me calmer, mon regard saute de pylône en pylône, parcourt la courbe que dessine le ciel entre chacun de ceux-ci comme de vulgaires fils électriques.

J'ai déjà vu un ciel normal. J'en suis sûr. Le bleu en était si profond qu'il semblait fait de pierre précieuse. J'ai déjà…

C'est si vrai ! Si bleu !

… vu un ciel intact.

J'ai déjà vu autre chose que cette vulgaire guenille pourrie au-dessus de ma tête ! Je m'en rends à peine compte, mais des larmes brouillent ma vue.

Ça m'obsède. Comment les choses ont-elles pu en arriver là ?

Mes doigts sont crispés sur le tissu de mes pantalons et me font mal, mais je suis incapable de relâcher ma prise.

Quelqu'un sort. C'est une femme. Je ne la reconnais pas. Elle porte un bac rempli de déchets, sans doute sort-elle les détritus de l'école. Je me jette sur elle. Il faut que je sache.

– Ce n'est pas comme ça partout, non ? Ce ciel de merde n'est pas *notre ciel* ?

Elle a peur de moi. Elle me dévisage comme si j'étais fou. À bien y penser, c'est sans doute le cas.

– Je sais que ce n'est pas normal. Je l'ai déjà vu ! Le ciel bleu ! Intact !

Son visage change. Un bref moment de confusion, puis de la compréhension. Elle n'a plus peur. Puis, une autre émotion se dessine dans ses yeux. Quelque chose comme…

Du bonheur.

Elle lève les mains vers moi comme pour me dire de rester là, puis elle retourne dans la base en courant.

Après avoir réussi à me ressaisir, j'essuie mon visage mouillé et me tourne vers l'horizon.

Il faut que je parte d'ici. Ça ne peut pas être partout comme ça ! Il y a forcément un endroit où le ciel est encore normal… quelque part.

Je cours pour m'éloigner de l'école. Qui cette femme est-elle allée chercher ?

Peut-être pourraient-ils répondre à mes questions. Mais je redoute surtout de m'en faire poser en retour. Je ne connais rien de mon passé, absolument rien, que pourrais-je leur répondre ? Et j'ai besoin de voir de mes propres yeux. Si le ciel est dans cet état, qu'en est-il des humains ? Les paroles de Vim me reviennent en tête. *Plus personne ne cherche, Ryle ! Tout le monde a accepté son sort, c'est fini !*

Après quelques secondes de course, je me retrouve devant une portion de la route où, sur une largeur d'environ dix mètres, le sol se fait plus mou, comme si cette partie venait tout juste d'être réparée. De chaque côté, une crevasse s'est formée sur une longueur de plusieurs dizaines de mètres. Je me souviens lors de mon premier jour. La secousse ! C'est cette crevasse qui s'est ouverte. Je me penche et prends une poignée de terre dans ma main. Des petits grains de sable et de minuscules pierres se glissent sous mes ongles.

À la fête. Des coupures sur mes mains. Ma fatigue. L'impression d'avoir rampé dans la terre toute la journée.

Je n'étais pas si loin du compte finalement.

Je me souviens aussi du monstre. La scène se matérialise d'un seul coup dans ma tête. La terre gronde et se déchire, creusant la crevasse au travers de la route. Le bruit, ou le mouvement terrestre, qu'en sais-je, dérange un de ces oiseaux, et celui-ci s'envole, paniqué. Les gens accourent pour voir ce qui se passe, et ma panique me fait croire que l'animal est responsable du désordre occasionné. Ce qui expliquerait l'attitude de Mirva à mon égard après l'incident. Aurais-je ensuite passé la journée à reboucher le trou ? Avec qui ? Les bouteilles de bière… Me serais-je aussi fait des amis pendant ce temps ? Qui donc ?

J'ai la nausée. Je n'ai aucun intérêt à reboucher des crevasses. À inviter des gens dans ma chambre. Aucun.

Je continue à courir. Longtemps. Ça ne me fatigue même pas. La base se réduit à un petit dé à jouer à l'horizon. Pas d'absence cette fois. Rien que le fil brûlant de ma pensée.

Bien.

Je ne sais pas où je vais. Mais je quitte cette base, et ça me fait du bien.

Le paysage, mis à part les pylônes troublants, est assez morne. Peu d'arbres, un sol sec et pierreux, de très rares animaux. Les arbres sont tous morts. J'ai vu un ou deux oiseaux voler très haut dans le ciel, mais je ne m'inquiète pas trop. Peut-être sont-ils dangereux, mais je m'en fiche. Au point où j'en suis, me faire tuer par un monstre volant ne me paraît pas une si mauvaise chose. Du moins, ce ne serait pas plus absurde que le reste.

Puis, après presque une heure, quelque chose attire mon attention au loin. J'estime que si le chemin continue tout droit, je devrai le quitter et marcher un ou deux kilomètres pour atteindre cet objectif.

Je vois de la pluie.

Au loin, des nuages s'accumulent sous le ciel en décomposition, et une bande foncée s'étire sous eux. Là-bas, il pleut. Cette pluie, je le sens, me ferait le plus grand bien. Comme si elle pourrait laver de mon esprit toute cette confusion.

Je finis par apercevoir un lac sous les nuages. Et ces nuages se regroupent uniquement au-dessus de ce point d'eau. Le ciel est vide partout ailleurs.

Non. Ce n'est pas possible. Je n'y crois pas.

Qu'est-ce que c'est que ce monde de merde ? Qu'est-ce que c'est que ça ? Comment expliquer ça ?

Ce n'est pas ce que je pensais. Il ne pleut pas vraiment au-dessus du lac.

Je me suis trompé.

C'est le lac qui pleut.

Les gouttes d'eau, au lieu de tomber du ciel, s'élèvent vers le haut pour former un grand nuage gris. Le lac pleut.

Lorsque je mets ma paume au-dessus du plan d'eau, des gouttes la frappent par en bas et retombent. Le dessus de ma main reste sec.

Le lac pleut.

Impossible.

C'est impossible.

Elle sort avant tout le monde. Elle me cherche, mais elle sait déjà qu'elle va me trouver. C'était écrit.

Je frissonne. Est-ce seulement à cause de la sueur qui détrempe mes vêtements dans cette nuit froide ? C'est un froid bien plus profond qui empoigne mon être en ce moment. Un froid sec, qui menace de tout briser au moindre choc.

Elle me trouve du regard, elle m'observe, moi, misérable hockeyeur effondré dans une ruelle.

Et je me demande : ressent-elle la même chose que moi ?

Elle s'avance, et je vois dans ses yeux que oui.

Sans dire un mot, nous nous enlaçons, tremblants, fragiles. Sa chaleur me réconforte d'une façon inimaginable.

C'est ma solitude qui fond, c'est ma soif de sens qui s'apaise enfin.

Et avant même de penser à s'aimer, c'est le réconfort mutuel que nous nous apportons qui nous lie. Enfin, nous ne sommes plus seuls. Plus seuls face à toute cette absence d'humanité. Ai-je seulement déjà connu pareil sentiment ? Depuis que je suis tout jeune, on me répète que le monde change et qu'il faut s'y adapter. Que les faiblesses de l'âme sont choses du passé. Soudain, j'ai l'impression que la faiblesse est belle comme une fleur durant la tempête. Soudain, j'ai l'impression que je quitte un mensonge que tant de gens persistent à croire.

Soudain, j'ai l'impression que nous sommes les seuls à vouloir sortir la tête de l'eau pour respirer. Comme si tout le monde croyait que la solution, c'était de se noyer.

C'est ça, l'amour ?

5

Je me réveille. C'est la première fois que je me réveille. C'est vraiment sensationnel. Je me sens tout engourdi, encore emmitouflé dans la chaleur du sommeil. Mes paupières semblent soudées l'une à l'autre, mes membres sont lents et maladroits, je n'ai jamais aussi été aussi bien que dans ce lit. J'ai l'impression que mes couvertures forment une sorte de bulle protectrice, et que le monde extérieur n'est qu'une mer froide et épuisante.

Je me roule en boule, enfonçant mon visage dans les draps pour ne laisser dépasser que mes yeux mi-clos. Je grogne de bien-être.

Ce que je suis bien.

Sauf que…

Je suis revenu dans cette école !

Je suis revenu malgré l'incident avec Finn.

On cogne à la porte.

– Ryle ?

Je me dépêche d'enfiler des pantalons. Je sautille vers la porte et l'ouvre.

C'est la femme que j'ai croisée en sortant de la base.

– C'est le moment. Les autres vous attendent.

J'ai peur tout à coup. Que s'est-il passé pendant mon absence ? M'a-t-on pardonné ?

Je suis la femme d'un pas rapide. En fait, nous courons presque dans une suite de couloirs sombres pour aboutir dans le local 101.

Plusieurs personnes sont assises autour d'une grande table remplie de papiers et d'objets divers. Vim est là et me regarde durement. Lui, il ne m'a pas complètement pardonné en tout cas. Ça me rassure.

Je m'assois sans un mot. L'ambiance est plutôt froide. Dieu ! que j'aimerais en savoir un peu plus sur cette damnée base ! Je ne connais aucun enjeu, aucun objectif, aucun obstacle ! J'ai la certitude que si j'ouvre la bouche, je vais aussitôt me mettre les pieds dans les plats. Un enfant de quatre ans n'aurait alors même pas de doute si on lui demandait de trouver l'intrus.

Je suis l'intrus. Ça saute aux yeux.

Vim prend la parole.

– Je vous ai réunis pour prendre une décision que je ne peux pas gérer seul. Ryle, que vous connaissez tous, a eu un comportement inacceptable en blessant l'un des nôtres. En fait, il a agi exactement comme ceux contre qui nous luttons. Toutefois, Gilan affirme l'avoir entendu dire qu'il a déjà vu le ciel intact de ses propres yeux.

Tout le monde s'agite autour de la table. Je n'aime pas ça du tout.

Et cette histoire à propos de ciel. Serait-ce ce qu'ils font ? Ils cherchent un endroit où le ciel est normal ?

– Je lui ai déjà parlé, comme vous vous en doutez certainement. Et, malgré une certaine confusion, il a confirmé se souvenir de quelque chose. Il est disposé à nous aider. Pour se faire pardonner, il désire arrêter de donner des conférences et se joindre à nos recherches.

Quoi?

– Bien sûr, j'ai besoin de votre approbation. Je crois qu'il est instable et que son passé de hockeyeur le rend dangereux. Je comprends votre entrain, nous cherchons depuis des années sans disposer du moindre indice. Toutefois, ne vous emballez pas. Ryle ne semble pas avoir d'indications claires à nous donner, et sa présence pourrait être un lourd prix à payer.

Il continue à parler, mais tout le monde a déjà pris sa décision. Dès que Vim a prononcé les mots « ciel intact », ils se sont mis à saliver dans ma direction.

J'ai envie de pleurer.

Vim savait comment les choses se passeraient; ça se

voit sur son visage. Il vient même me serrer la main, mais ne dit pas un mot. Comme pour m'avertir de ne plus faire de conneries.

La réunion terminée, Mirva se jette sur moi.

Qu'est-ce qu'elle veut encore, celle-là ?

– Ryle, je suis si contente ! Je savais que tu nous apporterais quelque chose de magnifique.

Elle semble si heureuse.

Et tout à coup, elle s'attriste.

– Ce mois va me paraître tellement long !

– Pourquoi ?

Elle semble gênée. Nerveuse.

– Parce que je serai loin de toi pendant que je devrai partir chercher des vivres à l'extérieur avec quelques autres.

Puis, je fais le lien. À la soirée, avant que je parte, c'est peut-être de ça dont elle voulait me parler !

– Ça ne te dérange pas plus que ça ?

Ça le devrait ? Qu'est-ce qui se passe avec elle ? Pourquoi ces sous-entendus tout à coup ?

Je n'ai pas du tout envie de la supporter encore longtemps. Je vais m'arranger pour me débarrasser d'elle pour de bon.

– Je ne vois pas où est le problème.

– Mais, Ryle… Je croyais que nous deux…

Houla !

– Tu ne crois pas que tu vas un peu vite, Mirva ? Nous ne nous connaissons pas depuis très longtemps après tout.

Je m'efforce d'afficher un air surpris et mal à l'aise.

– Pas très longtemps ? Mais… je croyais… l'autre soir, à la fête…

– Oui, quand je voulais partir, et que je trouvais cette soirée emmerdante ?

Je peux lire les premières flammes de la colère dans ses yeux.

– Comment ? Tu t'es ennuyé avec moi ?

– Je voulais partir, Mirva, tu m'as retenu. C'est normal, quoi.

– Mais après ?

Hum… Après ?

– Quoi, après ?

– Tu es revenu, tu t'es excusé ! Nous avons parlé pendant une heure ! C'est toi qui m'as proposé de me retirer de l'expédition pour que nous puissions rester ensemble !

Quoi ?

Après ?

Après ?

Elle s'en va. Me laisse seul dans la salle de briefing. Elle s'en va en expédition. Loin.

Nous allons toujours au même endroit. Nous courons le long des failles hurlantes dans le sol, nous courons presque toute la journée pour nous rendre là-bas.

Il y a un arbre au sommet d'une colline, elle-même entourée par un bosquet.

Cet arbre est mort, comme tous les autres.

Mais il est seul, et sa solitude éveille des échos de compassion en nous.

Nous faisons l'amour. Je suis stérile, elle l'est probablement aussi.

C'est normal, tout le monde l'est. Sans les éprouvettes, les hommes se seraient éteints depuis longtemps. Comme il faut payer pour se reproduire et que ça coûte très cher, la sélection naturelle a muté. Cette fois, c'est le plus riche qui a le droit de se perpétuer, et non le mieux adapté.

Puis, un jour, l'inévitable survient. On nous voit quitter la ville.

Pour faire nos saletés.

Nous sommes des parias. Nous nous adonnons au sexe, cette activité désuète et répugnante.

Les gens ne veulent plus rien ressentir.

Des robots. Même ceux qui sont encore de chair sont devenus aussi froids que l'acier.

Et nous les dérangeons dans leur sommeil.

Une nuit, alors que nous quittions la ville pour rejoindre notre havre, ils nous prennent en chasse.

Une masse de yeux rouges qui dansent.

Les pas bruyants aux musicalités industrielles retentissent.

Libelle s'essouffle plus vite que moi.

Elle a peur.

Nous fuyons en empruntant des chemins encombrés

de détritus qui ralentissent les robots.

Puis, enfin seuls, aux bordures de la ville, nous passons plusieurs minutes à reprendre notre souffle sans pouvoir dire un mot.

Appuyée à un mur, elle tremble. Je peux lire dans son regard une incompréhension douloureuse et contagieuse. Pourquoi ? Pourquoi nous avoir poursuivis comme des animaux nuisibles ?

Puis... la colère.

Tout semble se dresser contre notre bonheur.

Alors que nous sommes infiniment plus vivants qu'eux. Plus vrais.

Est-ce donc si grave de vouloir vivre quelque chose de vrai ?

Je me dirige vers un mur de béton.

Avec un couteau de poche, je commence à graver quelque chose.

« Il n'y a pas de ciel. »

Le ciel est mort.

Mort, comme toute la beauté, mort comme tous les espoirs, mort comme tous les amours.

Mort, raide, froid comme le fer.

Parce qu'il en a été voulu ainsi.

Il n'y a pas de ciel. On n'en veut plus.

Les dents serrées à me faire saigner les gencives, je taille le mur.

Puis, les bruits reviennent, et les points rouges s'allument dans les brumes.

6

– Quand est-ce que tu vas voir Mirva ?

Je plisse les yeux. Je suis avec cet enfant. Que vient-il de dire ?

– Quoi ?

– Je… Mirva ?

– Ouais.

– Elle ne devait pas partir pour un mois ?

L'enfant rit.

– Oui ! Mais c'est aujourd'hui qu'elle revient ! Où as-tu la tête, Ryle ?

– Elle revient…

Non. Impossible.

– Tu n'as pas arrêté de m'en parler, et, une fois le jour venu, tu oublies ?

Un mois…

Je ne me souviens de rien !

– Est-ce que ça va, Ryle ?

Il me regarde avec ses yeux trop intelligents.

– Mirva revient aujourd'hui ? Tu es sûr ?

– Comment veux-tu que j'en doute, tu me harcèles avec ça depuis une semaine !

Le harceler ? Pour ça, il faudrait déjà que nous nous voyions souvent. Depuis quand sommes-nous amis ?

Tout à coup, je tiens ses épaules entre mes deux poings et lui gronde au visage :

– Dis-moi que ce n'est pas vrai.

Ma colère sur lui.

– Dis-moi qu'il ne s'est pas passé un mois…

Il me regarde.

La compréhension dans son visage m'effraie soudain. Il a tout compris.

– Vous n'êtes pas Ryle.

Je le lâche. Mes mains retombent le long de mon corps. Il reprend.

– Vous êtes celui qui a presque tué Finn.

Je ne suis pas Ryle ? Cela tinte comme la vérité dans mes oreilles. Cela tinte comme des milliards de cloches grandes comme des églises.

Qui ?

Qui suis-je à la fin ?

Qui est Ryle ?

– Vous n'êtes pas Ryle…

Mes mains sur ma tête, mes genoux qui frappent le sol. Mes larmes qui brûlent mes joues.

– Je m'appelle Kem-Di. Je vais vous aider.

Ses minuscules mains sur mon épaule. Ma rage qui

s'élève partout autour de moi comme des flammes.

– Ne vous en faites pas. Je vous aiderai.

Ta gueule.

– Nous trouverons qui…

– TA GUEULE ! ! !

Je suis debout à nouveau. Je tiens la tête de ce Kem-Di entre mes mains. Il a peur de moi. Il sait que je suis étranger, un renard dans le poulailler.

– Tu dis un mot de quoi que ce soit à quiconque, et tu n'auras pas la même chance que Finn. Tu m'entends ?

Il fait signe de la tête.

– Tu ne connais que Ryle. D'accord ?

Nouvelle approbation.

– Je suis Ryle.

Il ne bouge pas.

Trop de choses se mettent en mouvement dans ma tête. Je le projette au sol, puis je cours dans d'interminables couloirs. Je me fiche bien d'où je vais, je cours, et ça me suffit.

Mirva qui revient.

Qui va vouloir revoir Ryle.

Que je ne suis pas.

Je me cache dans un couloir sombre au plafond parcouru de gros tuyaux rouillés. Je m'accroupis dans un coin. Me tenant les genoux repliés contre mon corps, je ferme les yeux.

Non !

Je les ouvre.

Je ne veux plus partir.

Un mois !

Je suis parti un mois ! Un mois complet où je n'étais pas moi, que… Ryle était là.

À ma place.

Je serre les dents.

Maintenant, tout est clair.

Mon retour dans la base, la chambre trop bien rangée, mon amitié avec des inconnus, les plans avec Mirva, mes absences fréquentes, l'incompréhension des gens face à mon comportement…

Nous sommes deux dans ce corps.

Moi. Et Ryle.

Ou est-ce plutôt Ryle et moi ?

Un mois.

Je comprends tout.

Je suis né à partir de rien, à un moment précis. Je suis né avec elle. Mirva. Et je n'ai pas été là pendant son absence. Il y a forcément un lien. Quelque chose qui nous unit… Ou qui nous repousse.

J'imagine trop bien ce Ryle, tout gentil. Se demandant ce qui lui arrive. Faisant exactement la même chose que moi, tentant de s'expliquer ses absences par d'hypothétiques et improbables trous de mémoire. Se sentant violé.

Toutefois, une chose demeure pire que le reste. Lui, au moins, a une raison de s'accrocher à quelque chose.

Lui, il était là depuis le début. Il possède des souvenirs. Il a rencontré des gens, ici, il les aide, il a des projets.

Moi, je suis né au beau milieu d'une conversation vide avec une imbécile aux yeux joyeux.

Merde, sûr qu'elle est amoureuse de Ryle. Ça expliquerait son attitude avec moi ! Et ce con, sûr qu'il veut continuer à la voir.

Mais pourquoi, à la fin, ça me dérange autant ? Cette seule pensée me donne envie de tuer cette fille ! Elle ne m'a pourtant rien fait, et je…

J'ai envie de la tuer.

Quelque chose est écrit sur le mur près de moi.

Il y a des années, peut-être cela date-t-il de l'époque où des enfants étaient dans cette école, quelqu'un a écrit :

« Fabrei aime… »

L'autre nom est barbouillé, effacé, raturé. Oublié. N'a jamais existé.

Et sans que je comprenne pourquoi, ça me fait pleurer.

Pourquoi ai-je l'impression d'avoir perdu quelque chose de si important ?

Cette gravure sortie de nulle part, aléatoire, elle…

Elle résonne en moi.

Il y a eu une fille. J'en suis certain. Mirva ne m'énerve pas autant pour rien. Je suis certain qu'il y a eu quelque chose avec une autre. Et ce graffiti, c'est moi. Je sais que j'ai aimé quelqu'un. Et qu'elle n'est plus là. Effacée. Oubliée.

Avec l'arbre mort comme témoin, nous pleurons, nous faisons l'amour sur la colline, notre sanctuaire.

Pendant que nous nous embrassons sans pouvoir nous arrêter, il commence à pleuvoir.

Je n'ai pas vu de vraie pluie depuis que le ciel s'est déchiré.

Depuis longtemps déjà, il n'y a que les lacs qui pleuvent.

Comme les lacs sont toxiques, l'eau doit être puisée par avion directement dans les nuages.

Elle coûte cher.

Mais là, au moment où nous allons jouir ensemble, il se met à pleuvoir. Du haut, vers le bas.

Le soleil sort d'entre les nuages, et la pluie se transforme en or.

Le ciel, au-dessus de nos têtes trempées, nous dévoile un tout petit îlot bleu, uni et merveilleux, au milieu de nuages gorgés d'eau.

Une petite zone juste au-dessus de nous.

Toute neuve.

Une fleur fraîchement éclose.

Une fois que le ciel bleu nous apparaît, nous continuons à pleurer, sans trop savoir si nos larmes émanent de notre désespoir, de notre surprise, de notre amour parfait ou de la beauté du spectacle.

La pluie tiède rafraîchit nos corps, et le soleil nous observe d'un œil bienveillant.

Couchés l'un à côté de l'autre, dans l'herbe qui a littéralement poussé sous nos corps, nous regardons le ciel.

« Ryle, c'est tellement… »

Bleu.

Calme.

Bien, tellement bien.

Vrai.

Les yeux fermés, tout est bleu.

Bleu et calme.

« Je veux rester ici pour toujours. »

Vrai.

Bleu.

Nos mains sont liées ensemble.

– Tu crois que le ciel est apparu pour nous ?

Je ne réponds pas. Je n'arrive plus à parler.

– Pour nous encourager à continuer. Le ciel veut nous dire que tout n'est pas perdu.

Moi, j'ai plutôt l'impression qu'il est venu nous remercier. Car il a enfin l'occasion de voir deux personnes s'ouvrir l'une à l'autre, et que, entre ses lambeaux fatigués, il n'a plus l'occasion d'en voir, jamais. Mais je ne le dis pas. Le choc est trop grand.

Les nuages s'écartent lentement comme une croûte de sang séché qui se retire pour laisser voir une peau toute neuve, douce et fragile.

Le soleil nous caresse, et nous pleurons, le sourire aux lèvres, encore nus.

Mais quelque chose commence alors à me déranger.

Ils nous cherchaient. Qu'arriverait-il s'ils nous trouvaient ici ?

Fous de rage, détruiraient-ils tout ?

Loueraient-ils l'endroit aux plus riches ?

Se battraient-ils pour finalement le diviser en lots de terre minuscules ?

Je ne veux pas de ça. Ils ne méritent pas ce coin de paradis. Un seul de leur pied écrasant cette herbe si verte serait le pire des blasphèmes.

Ils ne méritent que des lambeaux au-dessus de leur tête.

1

Je suis encore dehors. J'aime bien.

Tiens donc, Mirva est à côté de moi.

Qu'est-ce qu'elle fiche ici ?

Qu'est-ce qu'on fout ensemble ?

Non… la vraie question est : qu'est-ce que Ryle faisait avec elle ?

Je ne suis pas Ryle. Je suis quelqu'un d'autre, et cette petite Mirva va devoir l'apprendre…

Ou pas.

Bon. Qu'est-ce qui se passe ?

Je vais bien finir par avoir des réflexes d'adaptation efficaces grâce à toutes les fois où je me suis retrouvé parachuté au milieu d'un épisode.

Mirva est là, à côté de moi. Nous marchons. Elle me jette de petits coups d'œil de temps en temps.

Il y a quelque chose dans l'air, une sorte de tension romantique…

J'ai envie de vomir.

Elle prend ma main. Je la laisse faire.

Ce geste sème un doute en moi. Peut-être que tout a déjà été dit. Peut-être qu'ils se sont pardonné leurs querelles et déclaré leur amour. Peut-être que tout est officiel maintenant. Ryle va-t-il rester ici pour elle ?

Merde.

Il faut que je sache ce qui s'est passé.

– Comment ton expédition s'est-elle déroulée ?

Elle se tourne vers moi. Sourit.

– Tu le sais bien. Les garde-manger sont pleins ! Et je n'ai pas arrêté de penser à toi.

Merde ! Elle l'a déjà raconté à Ryle.

D'accord. On oublie le voyage.

– J'attendais cette promenade avec impatience.

– Moi aussi. Depuis longtemps.

Bon. J'ai réussi à conserver ma couverture, mais je n'ai rien appris non plus.

Et qu'est-ce que je peux dire pour ne pas me trahir ? Il faut bien que je parle, que je réagisse !

Je n'ai pas l'intention que cette fille sache ce qui se passe avec Ryle et moi. Pas du tout. Il ne faut pas lui laisser le moindre indice.

Je vais attendre.

Elle va bien finir par s'impatienter. Elle va bien finir par dire quelque chose, n'importe quoi !

C'est long. Très long. Le contact de sa main humide me répugne. Et comble de malheur, elle semble tout à fait satisfaite de se tenir simplement là, à côté de moi, sans rien dire.

Je prétexte un inconfort causé par la chaleur que dégagent nos deux paumes réunies, mais elle propose de changer de main.

Ce à quoi j'acquiesce en souriant.

Mes pieds me font mal. Je ne peux pas me plaindre, quelque chose me dit que Ryle ne se plaindrait sûrement pas, lui.

Merde !

Je ne peux pas attendre trop longtemps non plus ! Ryle va finir par revenir ! Je n'ai pas envie de me retrouver, un jour, sortant de nulle part, avec cette fille sur le dos en permanence ! Je n'ai pas envie qu'elle fasse partie de ma vie à cause de quelqu'un qui m'en vole déjà la majorité.

Si jamais ils forment un couple… Je serais prisonnier de cette relation. Je serais prisonnier de Ryle quand je serais absent, et de Mirva quand je serais présent.

Il y a quelque chose en moi qui me pousse à l'éloigner. Il faut que je le fasse.

Il faut que je parle. Que je sois désagréable. Que je gâche son plaisir.

Mais non !

Et si Ryle avait compris, lui aussi, ce qui était en train de se passer ?

Il va tout raconter à Mirva, bien sûr. Et elle va l'aider

à se contrôler. Elle va tout faire pour garder son petit Ryle d'amour. Elle va lui parler, fouiller son passé, jouer la psy. Elle va aider Ryle à dominer son côté sombre…

Moi.

Je ne veux pas.

Cette histoire est entre moi et Ryle. Pas de fille dans cette histoire. Pas question. Je ne veux pas.

Non.

Elle serre ma main plus fort.

– Ryle ?

– Oui.

– Pourquoi est-ce que tu m'as emmenée ici ?

AH !

Bon ! Ils ne se sont pas encore déclaré leur amour, j'imagine. Ou du moins, Ryle projetait une conversation sérieuse, ici même. Parfait. La balle est dans mon camp. Elle croit que Ryle est un prince charmant, mais si jamais il se révèle un parfait salaud, elle peut encore croire que c'était un salaud depuis le début. Si la relation avait été plus solide, elle aurait eu un doute. Maintenant, si je gâche tout, elle ne croira jamais Ryle lorsqu'il lui racontera qu'il a une autre personnalité qui ne veut rien savoir d'elle. Et en un mois, un tas de choses peuvent changer.

– Je voulais te dire quelque chose, Mirva. C'est très important.

Ses yeux s'allument. Comme elle va tomber de haut !

J'adore.

– Qu'est-ce qu'il y a ?

– Depuis que tu es partie, j'ai beaucoup réfléchi.

– Comme moi !

Elle rit. Moi aussi. Je ne sais pas pourquoi nous rions, mais jouons le jeu. Pauvre idiote.

– Une chose m'est apparue évidente depuis ton départ. Plus rien n'était pareil.

– Moi aussi, Ryle !

Elle sourit comme une imbécile. Elle est tellement heureuse. Si seulement elle savait ce que j'ai en tête…

– Non, tu ne comprends pas. Tu sembles développer des sentiments que je ne ressens pas…

Pas de réponse. Destruction de la fille à coups de hache.

– Tu sais… Ces semaines passées seul…

– Un mois.

Elle parle avec une faiblesse dans la voix, une douleur qui me fait frétiller. Elle est brisée en mille miettes. Sans doute peut-elle l'être encore un peu plus.

– Un mois, vraiment ? Bon, je sais que ce sera dur pour toi à accepter, mais ce mois passé en solitaire m'a fait du bien. Je croyais qu'on serait bien ensemble (ha, ha, ha !), mais…

Sa main est tout à coup un étau autour de la mienne.

Elle ne dit rien.

Silence.

Je pose ma main libre sur son épaule.

– Tu me fais mal.

Elle me lâche et me repousse d'un coup sec.

Voilà.

Boum.

– Tu m'as emmenée ici pour me dire ça ? Tu n'as pas pensé à tout ce que j'ai pu m'imaginer ?

Je ne dis rien. Je feins la surprise.

– Tu me tiens la main jusqu'ici pour me dire ça ? Tu n'as pas pensé une SEULE SECONDE à ce que ça pouvait me faire ? Tu n'as jamais pensé à ça ?

– Je…

Je n'en ai rien à foutre. Mais c'est parfait. Continue. Réduis ce qui reste de ton amour pour Ryle en petits morceaux tout gris. Continue, j'adore.

– Es-tu complètement imbécile, ou bien tu n'as simplement pas de cœur ?

Elle pleure. Elle ne s'aperçoit pas des rivières qui coulent sur ses joues.

– Tu te fichais de moi !

Bon Dieu ! Tellement de colère dans ses yeux, je sens que mes vêtements passent à deux cheveux de prendre feu.

Elle part.

Bon.

Maintenant, pas une seconde à perdre. Injecter de la distance entre nous. Elle ne voudra jamais me revoir maintenant. Sauf si…

Sauf si l'enfant lui explique ce qui s'est passé. Kemdi.

Il est le seul à savoir que j'existe.

Il est le seul à pouvoir tout gâcher.

Je ne peux pas simplement m'enfuir, Ryle reviendrait à la base dès qu'il aurait le contrôle.

Je dois rester aux commandes.

Il faut que j'attende un peu.

Je vais attendre qu'elle s'éloigne, puis retourner à la base. Ensuite, je trouverai un moyen d'éloigner Kem-Di de Mirva.

Je vais attendre et me concentrer sur ma présence. Je vais me concentrer et attendre de pouvoir retourner à la base.

Simple.

Facile.

Une simple concentration.

Presque rien.

Rester là.

Rester présent.

Facile.

Demeurer.

Rester là, se concentrer.

Mirva qui s'éloigne.

Mirva qui s'éloigne.

Cette tension qui grandit.

Je dois rester.

Rester.

Avec une telle concentration, je sens presque cet autre, Ryle, qui veut aller s'excuser à Mirva. Je le sens qui se meurt d'envie d'aller rejoindre sa belle en courant, qui ferait tout au monde pour elle. Qui se jetterait à genoux.

Je le sens qui crie en moi.

Qui veut ma place.

Rester là.

Peut-être que je m'imagine tout cela, peut-être que Ryle n'est pas là du tout mais…

Rester.

À tout prix.

Maintenant, c'est mon tour de jouer.

Rester.

Mirva qui s'éloigne. Qui court comme si elle était une héroïne de roman en pleine crise. Sans un regard dans ma direction. Dans notre direction. Je ne le vois pas, mais elle pleure forcément.

Ryle qui…

Non.

Je reste.

Non.

Non, non, non.

Je reste.

Je reste.

Mirva, loin. Enfin.

Après une éternité, elle est loin.

Je me lève et me mets en route. Vers la base.

Elle sera à l'intérieur bien avant moi. Elle sera déjà dans sa chambre à pleurer ou bien à rager, qu'elle fasse ce qu'elle veut.

Je m'en fous.

Je reste.

Va au diable, Ryle.

Je reste.

Je cours vers la base comme si j'avais des monstres à ma poursuite.

La route est longue.

Rester.

Ryle qui lutte contre moi, qui tire sur tout ce qui dépasse dans mon esprit, qui saute, qui crie, qui me déchire la tête.

À moins que je ne me fasse des idées.

Rester.

Rester.

Rester.

Rester.

Rester.

Rester.

Rester.

Rester.

Rester.

La base.

J'y suis enfin.

Je cours dans ma chambre pour aller chercher…

Chercher quelque chose.

Je lance plusieurs trucs un peu partout sur le sol, puis je finis par tomber sur un paquet de lettres ouvertes. Des lettres que Ryle a reçues. Ça pourrait être intéressant.

Je l'espère parce que je sais que chaque seconde que je perds ira directement dans les mains de Ryle et que lorsqu'il reviendra, il profitera de chaque instant que j'ai gaspillé.

La plupart des lettres sont banales.

Des lettres d'amis, des invitations, des remerciements, des trucs moches.

Une lettre, toutefois, vient de Vim.

Monsieur,

Je suis ravi de votre réponse. Je viens à peine de finir de lire votre lettre, à laquelle je ne peux m'empêcher de répondre tout de suite. C'est fantastique !

Votre venue aidera certainement le moral de notre groupe. Ils ont besoin d'un héros, ils ont besoin de pouvoir croire que tout n'est pas perdu. Vous avez quitté le monde du hockey et sa violence insensée, les acclamations du public, sa célébrité si malsaine…

Vous êtes un exemple parfait de ce que tout le monde peut faire. Nous ne sommes pas obligés de tous devenir des robots.

Et même ceux qui le sont devenus ne sont pas obligés de le rester.

Vim

Vim. Peut-être que la solution est là.

Je cours vers son bureau. Je ne cogne pas à la porte pour y entrer; je m'y matérialise tout d'un coup.

– Vous voulez trouver le ciel intact ?

Vim me regarde, l'air surpris.

– C'est principalement ce pourquoi tu as pu rester parmi nous, je…

Un doute dans son regard.

– Tu te souviens ?

– Oui, monsieur. J'ai trouvé comment y retourner.

– Vraiment ? Mais… C'était censé prendre des mois, des années ! Les changements géographiques ont tout mélangé ! Nous n'avons pas une seule carte de…

– J'ai fait un rêve, et tout m'est revenu. Je veux partir le plus tôt possible.

L'intérêt, presque cupide, dans les yeux de Vim.

– Je peux assigner plusieurs…

– Je ne veux pas de Mirva. Il en va de la sûreté de l'expédition.

Silence.

– Nous…

Feinte d'hésitation. Brève mais juste. Très important.

– Nous nous sommes disputés, et je crois que cela nous déconcentrerait tous les deux.

– Vous ne…

– Nous ne sommes plus ensemble. Nous ne l'avons jamais vraiment été.

– Je ne pense pas que ce soit suffisant.

– Allez la voir. Elle n'est pas en état de partir, monsieur.

Je me retourne, puis m'arrête.

– Monsieur, pour accélérer les choses, j'aimerais que vous me fournissiez une liste de tâches à faire en vue de l'expédition. Le temps presse, et je ne peux pas rester les bras croisés.

– Je comprends.

Bon. Je suis sorti avant d'en savoir plus, mais Vim avait l'air suffisamment convaincu. Je n'ai pas fini.

Je reste.

Va au diable, Ryle.

J'ai l'impression qu'il tambourine dans ma tête, qu'il cherche une issue ou une porte à forcer.

Sauf que maintenant, même si Ryle revient, il n'aura pas le temps de parler à Mirva, car il recevra des ordres directement de Vim.

Je cours maintenant.

J'imagine déjà ce petit papier officiel sur le bureau. Un joli bout de papier avec, au bas de celui-ci, une magnifique estampe. « Urgent », dira-t-elle. Comme ce sera mignon.

Je me lance sur le bureau, saisis un crayon et gribouille sur du papier.

Ryle,

C'est moi. L'autre. J'ai bien un nom, mais je n'ai pas envie que tu le connaisses. Je veux toutefois que tu saches quelque chose. J'ai des raisons de partager mon savoir avec toi. Je sais où est la chose que tu cherches. Ce que tous, vous cherchez. Le ciel intact.

L'as-tu oublié, Ryle ?

Je me souviens, moi. Peut-être est-ce ma raison de vivre.

J'ai l'impression que toi, tu as oublié.

Tu veux sauver le monde ? Tu veux trouver ce bout de paradis caché sur Terre ? Alors, tu fermes ta gueule !

Moi, je sais. Moi, je me souviens.

Fais comme si je n'existais pas. Pour personne. Et surtout pas pour Mirva.

P.S. Je ne sais pas ce que tu lui trouves d'ailleurs.

Moi

Voilà. Je ne sais pas du tout où se trouve ce ciel bleu. Mais je mise sur le fait que Ryle a oublié où il se trouve, et c'est ma seule chance. Maintenant, je nous ai embarqués dans une mission sans Mirva. Et nous partirons à la recherche du ciel intact. Dans le meilleur des cas, nous ne trouverons jamais rien, et nous ne reviendrons jamais dans cette base.

Et si, par chance, nous trouvons…

Tout ça m'intrigue. J'ai envie de revoir le ciel.

Ne pas nous voir pendant plusieurs semaines.

Pour laisser retomber la poussière.

C'est la seule solution envisageable.

Nous ne pouvons pas fuir, les autres villes sont trop loin.

Les oiseaux nous trouveraient.

Nous faire oublier, pour être bien certain que personne ne nous suivra jamais jusqu'au ciel intact.

Les premiers mois sont intolérables.

Ne penser qu'à elle, la douceur de sa peau, ses baisers, son odeur, sa voix…

Puis, le temps passe. Tout s'efface.

Entre une projection 3D au prix d'une semaine de salaire d'un employé moyen et une nuit complète à m'oublier dans la drogue, je dépense mon argent trop abondant pour faire accélérer le temps.

Je recommence à m'entraîner, pour rester en forme.

Et je revois des amis, connus pendant ma carrière de hockeyeur. Nous sortons ensemble presque toutes les nuits.

Qui me supplient de revenir.

Oublier Libelle.

La ville qui plante ses serres dans ma tête pour en arracher tout ce qui m'est cher.

Le hockey.

Retour fulgurant.

Les gens oublient ma relation avec Libelle, car ils adorent me voir jouer au hockey.

Elle essaie pourtant de me voir. Je la fuis.

Trop dur. Trop compliqué.

La revoir serait admettre ma rechute.

Après huit mois, elle n'essaie même plus de me trouver.

Seulement alors, je comprends, et la peur me fige sur place.

Que fera-t-elle sans nous ?

Je vais chez elle, mais elle n'y est pas.

Alors, je cours à la colline.

Sous le ciel.

L'endroit me donne une impression totalement différente, mais je sais qu'il n'a pas changé.

C'est moi qui ai changé.

Elle est appuyée sous l'arbre, qui a commencé à reprendre vie. Des feuilles poussent au bout de ses branches.

J'esquisse un sourire maladroit avant de m'approcher d'elle. Qui m'entend, se lève et recule.

Ce n'est qu'à ce moment que je réalise à quel point son odeur me manquait.

– Pourquoi recules-tu ?

Elle ne répond pas. Sa bouche est ouverte, elle veut dire quelque chose, mais n'y arrive pas.

Elle fait deux pas vers moi et sourit.

Un sourire que je ne lui ai jamais vu. Un sourire pire que des pleurs.

Elle passe ses bras autour de ma taille, me donne un minuscule baiser sur la joue.

Puis, recule une nouvelle fois, et je deviens un junkie en manque de son odeur.

« Tu te portes bien. »

La honte. La douleur. La colère.

Surtout la honte.

« Tu continueras à vivre, tu oublieras. Nous ne devrions plus nous revoir.»

Moi, j'ai la force d'un robot. J'ai la capacité d'oublier, comme tous ces connards que nous haïssions tant. J'oublie par lâcheté, par faiblesse.

Mais j'oublie.

Ce qui me permet de vivre dans un monde pareil.

Je suis comme eux, au fond. C'est elle qui est ma vérité. Sans elle, je sombre dans les ténèbres.

I

Je suis en mouvement. Le vent souffle dans mes cheveux. J'entends un bruit grave et irrégulier.

Sans trop le faire paraître, j'explore les environs du regard.

Fantastique.

Tout simplement fantastique.

Je me trouve à l'arrière d'un gros véhicule bruyant. Celui-ci ressemble à une jeep version géante. En fait, je suis sur une plateforme qui fait bien quatre mètres sur six. Devant, une grande cabine, dans laquelle je devine la salle de commande, me bloque tout l'avant du paysage.

Par contre, je peux voir partout autour. Désolation est le seul mot qui me vient à l'esprit. J'ai l'impression de voguer sur un océan gris. Aucune verdure, aucun signe de vie animale, seulement ces immenses vallons qui se déplacent en grondant, et ces failles qui s'ouvrent sans prévenir.

Je suis assis sur une banquette recouverte d'un cuir usé d'une affreuse couleur rougeâtre. Il y a Kem-Di et plusieurs autres types dont les visages me rappellent quelque chose. J'ai dû les croiser à un moment ou à un autre.

Le paysage défile assez vite; nous devons rouler à une vitesse avoisinant les 100 kilomètres à l'heure. Le véhicule roule sur des chenilles monstrueuses et doit mesurer près de dix mètres de long. Le bruit du moteur, qui provient de l'avant, est très fort. Presque assourdissant.

Kem-Di me regarde.

Je lui fais un petit signe de la main en souriant, signe auquel il répond sans hésiter.

Si je réussis à garder Kem-Di en laisse, je vais pouvoir mener cette petite bande d'idiots assez loin pour qu'aucun d'entre eux ne puisse revenir à cette damnée base.

Nous voyageons longtemps, très longtemps. Je finis par perdre la notion du temps. De temps à autre pendant le voyage, Kem-Di me lance quelques brefs regards. Les autres types ne font aucun effort pour faire ma connaissance. Je déduis que c'est Vim qui pilote. Le paysage change peu durant les quelques heures que nous passons à nous faire empoussiérer derrière la jeep géante : des fissures larges d'un ou deux mètres dans le sol (que la jeep traverse sans trop de difficulté la plupart du temps), des arbres aussi morts que la pierre, des pylônes immenses et malsains, un ou deux lacs qui pleuvent…

Aucun animal, mais quelques insectes difformes.

Au vol, j'en attrape un gros, ondulant et ailé, qui n'est doté que de deux pattes et de deux antennes. Il s'agite quelques secondes dans ma main, puis fait mine de me mordre. Je le lance par-dessus bord d'un geste vif.

Kem-Di m'observe encore. Qu'est-ce qu'il me veut à la fin ?

– T'a-t-il mordu ?

– Non.

– Ces insectes sécrètent un poison mortel. Fais attention à l'avenir.

Mon estomac se serre. Il sait sans doute déjà que c'est moi qui a pris les commandes. Comment va-t-il réagir ? Si je suis ici, avec tous les autres, c'est qu'il a tenu sa langue. Personne ne m'observe comme si j'étais fou, mais…

Mais il ne dit rien.

Après beaucoup de temps, nous finissons par faire une halte. Le soleil est maintenant bas dans le ciel, et je devine que nous nous arrêtons pour la nuit. Vim descend le premier de la jeep.

Le bien que ça peut faire de se dégourdir les jambes ! Mon dos craque de partout, et mes muscles semblent remplis de boue.

Je course un peu pour raviver mes membres et m'éloigne ainsi des autres. Nous nous sommes arrêtés sur une sorte de butte rocheuse qui n'est pas touchée par les ondulations du sol. Quelques fissures dans la roche me dit que ce havre n'en a pas encore pour longtemps, mais je m'efforce de ne pas m'en inquiéter. Le ciel ressemble à un gribouillis d'enfant maladroit. Je frissonne.

Lorsque je reviens, à peine quelques minutes plus tard, un feu crépite faiblement à quelques mètres de la jeep. Vim et les autres y sont accroupis et parlent entre eux. Je m'assois sur le sol et adresse la parole à l'un des inconnus.

– Je ne me souviens pas d'avoir été officiellement présenté. Je m'appelle Ryle.

Je lui tends la main et attends une réponse.

– Eh bien, tu as des problèmes de mémoire, Ryle. Je m'appelle Windows.

Merde. J'ai gaffé. Et encore un nom étrange.

– Ça n'est pas le nom d'une compagnie informatique, ça, Windows ?

– Tu te fous de ma gueule ou quoi ?

Houla ! Faut pas l'embêter avec son nom, ce pauvre garçon.

Un flash dans ma mémoire : Mirva me parle de Vim.

Je lui demande si ce nom ne provient pas d'un produit nettoyant. Elle semble triste, mais je ne comprends pas pourquoi.

Maintenant, ce Windows qui se fâche pour la même raison…

Kem-Di s'éloigne en m'adressant la parole :

– J'ai échappé ma boussole en descendant du camion. Tu viens m'aider à la chercher, Ryle ?

Il a l'air sérieux. Il veut sans doute me parler. Négocier ?

Je le suis.

– Ne vous éloignez pas trop, ordonne Vim.

– Tu fais des erreurs.

– Pourquoi ne le dis-tu pas aux autres ?

– Je ne veux pas te faire peur. Je voudrais t'aider. Te comprendre.

Nous marchons un petit moment en silence. Puis, il commence à m'expliquer.

– Montre un peu plus de respect envers Windows. Il a été le chef de plusieurs expéditions, il connaît la région comme personne. Ce n'est pas pour rien que Vim l'a choisi, il est expérimenté. Et il est respecté. Il n'avait pas besoin d'entendre les paroles maladroites que tu lui as adressées. Il faut que tu saches que le monde a connu un déclin en plusieurs étapes. L'une d'entre elles fut une course effrénée à la consommation. Cela impliquait plusieurs choses malsaines, dont les prénoms commandités. Pour l'argent. Dans la plupart des cas, les gens qui portent ces noms en ont honte et sont toujours en colère contre leurs parents, qui, dans la majorité des cas, ont gardé l'argent des commandites pour eux. Voilà pourquoi il s'agit d'un sujet épineux. Vim et Windows étaient des enfants quand le monde est devenu ce qu'il est aujourd'hui. Ils ont grandi avec ces noms. Les entreprises ont disparu, et la plupart des gens ont oublié ce que Vim, Windows, Players ou Chrysler veulent dire. Mais la blessure est toujours là.

Je regarde le petit.

– Que veux-tu de moi ?

– Ryle m'a dit que tu le faisais chanter. L'emplacement du ciel pour son silence. Pourquoi fais-tu tout ça ? Quel est ton objectif ? Je pourrais peut-être t'aider.

Ryle, je te déteste. Je voudrais te tuer, mais nous vivons dans le même corps.

– Non. Tu ne pourrais pas m'aider. Et je sais où je vais. Je vais trouver le ciel.

– Si tu le dis.

Puis, il s'en va. Je serre les dents.

Tout dépend de lui à présent. A-t-il compris que je bluffais ? Que j'ignore où se trouve le ciel intact ? Je déteste cette idée. Comme s'il avait un fusil pointé sur moi en permanence.

Je retourne près du feu.

À peine revenu, Vim me fait signe de le suivre.

C'est le festival des apartés.

– Ryle, il y a quelque chose que je ne comprends pas avec toi.

– Ah bon ?

Que me veut-il, celui-là ?

– Tu essaies de saboter ta propre expédition.

Hein ?

Il continue.

– Est-ce qu'il y a quelque chose que tu voudrais me dire ?

– Non, je ne vois pas. Je suis plutôt fatigué, et…

Vim hoche la tête avant de serrer les lèvres.

– Je t'ai vu essayer de vider le réservoir d'essence de la jeep hier.

Quoi ?

– Je ne te faisais déjà pas tellement confiance. Ça ne s'améliore pas.

Je dois réfléchir, et vite.

Gagner du temps.

– Le réservoir de la jeep ? Je ne sais même pas où il se trouve…

Pourquoi Ryle aurait-il fait ça ? Pourquoi vouloir rebrousser chemin tout à coup ?

– Je t'en prie, ne me prends par pour un idiot.

Pour Mirva ? Il veut la revoir ? Mais pourquoi ? Elle est colère contre lui, peut-être veut-il s'excuser…

– Je ne sais pas de quoi tu parles. Peut-être que j'allais simplement uriner et que tu as cru que…

Ou bien… Ou bien il a peur tout à coup. Il sabote

l'expédition parce qu'il a peur de ce que nous allons trouver là-bas.

– J'imagine que c'est pour ça que tu t'es dépêché de t'éloigner en m'entendant venir ? Bon. J'espère que tu comprends que je t'ai à l'œil. Et si nous ne progressons pas de façon significative d'ici peu de temps, je commencerai à me poser de sérieuses questions sur ta fiabilité.

Oui. Il a peur. Ce salaud ne veut pas se souvenir.

– Tu ne seras pas déçu.

Vim adresse la parole aux autres, alors que nous revenons près d'eux.

– Allez ! Courage ! Nous allons trouver une piste d'ici quelques jours, je le sens !

Windows, qui pour la première fois depuis quelques instants desserre les dents, réplique d'un ton sombre :

– C'est ridicule ! Tout foire ici. Comment pourrions-nous retrouver quelque chose quand tout change toujours de place ?

Bonne occasion de gagner un peu de confiance.

– Je vais trouver, ne t'en fais pas. Les choses changent d'endroit, mais elles ne disparaissent pas.

Vim me jette un regard perçant.

Je continue.

– C'est un endroit (*un endroit où des flocons bleus tombent*) où le ciel est particulièrement en mauvais état. En plein milieu, par contre, c'est comme l'œil de l'ouragan. Tout est superbe. Je me souviens d'être passé par un endroit où tout était complètement noir, sans même une seule étoile. Et puis, (*des hurlements*) il y avait des bruits assourdissants, des bruits horribles. La terre bougeait comme la mer pendant une tempête.

D'où est-ce que je sors ça ?

Kem-Di soupire, et Windows prend la parole.

– Merde, toute la région est comme ça ! On n'a qu'à continuer encore un jour ou deux, et c'est tout ce que nous verrons et entendrons : le ciel en lambeaux et des bruits d'enfer ! On ne va nulle part avec ce genre d'indications !

Kem-Di essaie d'apaiser la colère de son collègue.

– Du calme. Quand nous avons commencé à chercher, nous savions tous que ce ne serait pas une partie de plaisir. Maintenant, nous avons une chance de trouver. Une chance maigre, certes, mais nous avons le devoir d'essayer.

Il me regarde. Encore.

Il semble se demander s'il va me dénoncer.

Je devrais le réduire au silence sur le champ.

Il va parler.

C'est certain.

Moi et elle, couchés sur l'herbe.

Humide.

Des gouttes d'eau qui perlent sur ses cheveux.

Moi et elle, entrelacés sur l'herbe mouillée.

Le ciel qui gronde, les nuages gris qui flottent au-dessus de nous. Qui sortent du ciel et qui vont se perdre dans le néant.

Dans le noir.

Sa main qui agrippe la mienne.

Sa respiration secouée.

Ma gorge serrée.

Une dernière fois.

Quelque chose me dit que nous sommes ici pour la dernière fois.

« Ryle. »

Sa voix qui tremble.

Sa voix qui tremble.

« Ryle, qu'est-ce qu'on fait ? »

Le mur infranchissable devant nous.

L'espoir qui s'évapore.

Nos mains qui se retrouvent vides.

Mon visage qui se crispe, mes yeux qui se ferment.

La pluie.

Tiède.

Agréable.

La pluie.

La seule chose à laquelle nous pouvons encore nous raccrocher.

La pluie.

L'odeur de ses cheveux mouillés.

L'herbe froide.

Nos pleurs unis.

Notre fin sous la pluie.

9

Tous les autres m'observent.

Vim, Windows, Kem-Di.

Ils me regardent et attendent.

Qu'est-ce qui se passe à présent ?

Je vais me contenter de fixer l'horizon pour le moment. Au moins pour savoir où nous nous trouvons, et aussi pour avoir l'air de réfléchir. Ce que j'essaie de faire, tant bien que mal.

Nous sommes debout à côté de la jeep. Le moteur de celle-ci est éteint.

Devant nous, le sol est devenu fou. On dirait une mer qui subit un violent orage. Aucun pylône n'a pu résister à cette furie, et le ciel au-dessus de ce violent chaos est presque inexistant. Des fils bleu pâle presque trop minces pour être visibles, des morceaux qui tiennent encore par miracle dans la voûte céleste, des lambeaux qui s'agitent lentement dans le vide…

Derrière, tout est noir. Et contempler ce vide me donne envie de hurler.

De mourir.

Vim se racle la gorge.

Je dois dire quelque chose.

Je tente de localiser quelque chose qui pourrait avoir l'air d'un repère. Si mon plan a fonctionné jusqu'à maintenant, Ryle doit se sentir dominé. Il sait que tout le monde cherche cet endroit où le ciel tient toujours en place, mais il ne se souvient pas de son emplacement. Il doit espérer que je prenne sa place pour guider son équipe. Sans doute qu'en ce moment, ils attendent que je leur donne une indication quant à la route à suivre.

– C'est par là.

Je pointe n'importe où.

Windows fronce les sourcils.

– Tu sais c'est où, par là ? Tu sais vers quoi tu nous envoies ?

– Oui.

– C'est bien ce que je craignais.

Je me dis qu'on finira bien par arriver quelque part. Si j'ai de la chance, ce quelque part sera tellement loin que pas même Vim n'osera penser revenir à la base.

Il faut que je m'éloigne de cette fille. Je ne veux plus jamais la revoir. Je me fous de savoir dans quel pétrin je vais nous embourber. Plus la merde sera collante, plus je serai sûr de ne pas revenir en arrière.

Et je me fous d'être dans les ennuis jusqu'à la fin de

mes jours, tant que ces ennuis soient les miens, et pas ceux de cet emmerdeur de Ryle.

Nous roulons donc. À bord de la jeep géante, nous avançons à toute vitesse vers nulle part.

Une fois que c'est fini, la pluie.
La pluie et le silence.
La pluie et mes pleurs.
La pluie et la faille ouverte en moi.
Mon âme réduite en miettes.
Mon esprit réduit en gouttes.
La pluie et mes pleurs.
Une fois que tout est terminé, une fois qu'il ne reste plus rien de moi, la pluie.
Je n'ai plus qu'à mourir.
Mais je vis pour elle désormais.
Je le lui ai promis.
Je me le suis promis.
Deux promesses, deux montagnes devant moi.
Je ne suis plus rien.
La pluie me dissout, et je disparais.
Je disparais, sauf que je reste là.
Perdu dans ma peine, je ne sais pas où mourir.
J'erre donc, constatant qu'il ne reste rien de moi.
Rien.
Que la pluie.

18

– Réveillez-vous !

C'est Vim. Je n'ai pas vraiment le choix d'obéir.

Des cris étranges.

Des créatures.

Il fait nuit, et je ne vois presque rien.

Seulement une lueur qui signale la présence de notre feu de camp à l'agonie.

Je peux entendre des cris qui proviennent d'au-dessus de nos têtes.

Une voix derrière moi, encore enrouée par le sommeil.

– Des oiseaux ! Bougez-vous, merde !

Vim. Qui a peur.

Je lève le regard. Je ne vois rien, bien entendu. Pas de lune ni d'étoiles pour me permettre de distinguer quoi que ce soit.

Soudain, un coup de feu retentit, un cri explose juste au-dessus de moi, et je sens quelque chose me tomber dessus. J'agite les bras pour repousser la chose que je devine déjà monstrueuse vu sa taille. Aussitôt, des mains me saisissent les épaules.

Kem-Di.

– Écoute, je sais que tu n'es pas Ryle en ce moment. Mais merde, si tu n'es pas capable de te protéger, va te cacher, c'est tout un essaim !

Un autre cri retentit, et un second corps s'écrase sur le sol. Tous les autres hommes ont ouvert le feu.

C'est simple, j'ai l'impression d'être un enfant de maternelle pris au milieu d'un match de football professionnel.

Je regarde le corps de la chose qui m'est tombé dessus.

L'animal a un corps difforme. Des bosses osseuses le déforment. Ses ailes sont garnies de plumes usées et sales. De grandes plaques de peau nue s'étendent un peu partout sur le monstre.

Sa tête.

Sa tête est horrible.

Il vit toujours, ses yeux semblent chercher l'éclat qui les a quittés.

Son bec est long et mince, des pointes en dépassent dans tous les sens. Il est tordu en son milieu et s'oriente vers la droite. Ses yeux continuent à s'agiter.

Ils roulent à toute vitesse.

Ses pattes sont grumeleuses, sa peau semble avoir été fondue, puis solidifiée trop rapidement. Des cloques, des cicatrices, des bosses parsèment sa peau brunâtre.

Et ses yeux noirs, visqueux, roulent toujours.

Pour trouver quelque chose à regarder.

Ses yeux.

Des mains me tirent en arrière, et je ne peux m'empêcher de tomber.

Je sens mon estomac se soulever lorsque je réalise que des plumes rugueuses m'ont frôlé le front, et que quelqu'un vient de me sauver la vie.

– Mon gars, va falloir te bouger un peu plus si tu veux garder ta tête.

J'obéis.

Cette nouvelle attaque me ravive. Je m'accroupis et cours me mettre à l'abri près de la jeep.

– EH ! RYLE !

Je me retourne en un éclair. C'est Windows.

– Je suis presque à sec ! Il y a des munitions dans la jeep !

Compris. Je ne tiens pas particulièrement à lui, mais comme ma survie dépend en partie de la sienne, je veux bien l'aider comme je peux.

Je grimpe dans l'immense véhicule et commence à fouiller. Il y a plusieurs sacs empilés, rien pour me rendre la tâche facile.

– RYLE ! ILS ONT EU VIM ! DÉPÊCHE !

Merde. Je ne trouve rien.

Et si mes mains pouvaient arrêter de trembler un peu !

Merde !

– RYLE !

Où est-il, celui-là, quand j'ai besoin de lui ? Je lui laisserais volontiers ma place en ce moment.

« J'aimerais mieux mourir que de vivre comme eux. »

Mon espoir que les choses changent.

Libelle.

Mon monde, mon île déserte.

Libelle.

Plutôt mourir que de te perdre.

Plutôt mourir que de t'aimer comme eux s'aiment.

« Si jamais nous en sommes réduits à vivre comme eux… »

Leur mascarade vide de sens.

Leur jeu trompeur.

Leurs relations étanches aux émotions.

Leur absurdité.

« …je veux mourir. »

La pureté par-dessus tout.

L'idéal par-dessus tout.

Ne jamais être vaincu.

Nous ne voulions pas être vaincus.

Nous voulions gagner.

Ou du moins ne pas perdre.

Ne pas disparaître dans leur absence.

Mourir et ne pas perdre.

Nous voulions être des humains.

Nobles.
Dignes.
Morts ou victorieux.
Ne pas nous noyer dans leur absurdité.

11

– … crois qu'elle a compris ?

Kem-Di vient de terminer sa phrase. Moi, je le regarde sans savoir, comme d'habitude, ce qui se passait à peine une seconde plus tôt.

Vite. Répondre.

– Bien sûr.

De qui parle-t-on au juste ?

– Je l'espère. Ce serait bien triste pour toi si elle était toujours aussi en colère.

Mirva.

Qui d'autre ?

Une minute… Compris quoi ? Qu'est-ce qu'ils mijotent ?

Kem-Di qui me regarde avec cet air de parfaite compréhension maintenant. Tout est foutu. Je n'en saurai pas plus.

– Depuis combien de temps es-tu là ?

– Qu'est-ce que Mirva devrait comprendre ?
– Ça ne te regarde pas.
– J'en doute fortement. Dis-moi, petit. Ma patience a des limites.

Kem-Di me jette un dernier regard calculateur. Dieu sait ce qui se passe derrière ces yeux brillants.
– Est-ce que je me trompe si j'affirme que tu ne sais pas ce qui est arrivé à Vim ?
– Il a été attaqué par des oiseaux.
– Mais encore ?
À quoi il joue ?
Il soupire et, tout en prenant un air condescendant, commence à me raconter.
– Vim a été gravement blessé Nous sommes maintenant dans un hôtel de RiveReine, car c'était la ville la plus proche. Il est à l'hôpital maintenant. Je ne crois pas qu'il va s'en sortir.
– Pourquoi prends-tu la peine de m'expliquer tout ça ?
– Je veux que tu prennes conscience des conséquences. Nous faisons ça pour trouver le ciel intact. Nous suivons tes indications. J'espère sincèrement que nous ne perdrons pas Vim pour rien.

Ça y est. Il doute de ma fiabilité à présent. Il va me trahir. Je dois m'en débarrasser.
Maintenant.
Son expression change tout à coup.

– Les autres sont dans la pièce adjacente. Ne tente rien d'inconsidéré.

Il me lit comme un livre ouvert, ce gamin !

– Pour qui me prends-tu ?

Il ne répond pas. Je tente malgré tout de maintenir mon mensonge.

– Tu verras. Nous y arriverons. Pour Vim.

Je me tourne vers la fenêtre avec un air songeur. J'ai peur de déceler des soupçons dans le regard de Kem-Di.

L'hôtel qui nous héberge a plusieurs étages. Je peux donc voir la ville dans une bonne partie de son ensemble, du moins, ce qui ne se perd pas dans la grisaille. De nombreux gratte-ciel s'étirent vers la brume. Les rues, qui se confondent dans une mer pâlotte, sont couvertes de voitures tout aussi ternes roulant un peu n'importe comment. Personne ne respecte les voies : on roule à gauche ou à droite, tout dépend de la place libre. Pourtant, le tout s'orchestre magnifiquement, aucune voiture n'entre en collision avec quoi que ce soit. Et je connais cette valse. J'en ai des étourdissements. Je connais ça, comme si je l'avais vu des centaines de fois.

Sur presque tous les murs de presque tous les bâtiments : des publicités. De grandes affiches lumineuses tentent de percer le brouillard qui enveloppe la ville.

Des tas de produits inutiles y sont annoncés : des vêtements autonettoyants munis de puces électroniques, des aliments comblant la faim et le besoin de sommeil du corps humain du même coup, des voitures non polluantes fonctionnant grâce à l'énergie solaire – chose absolument inexistante dans les environs à ce que je peux voir. Et, écrites en petits caractères à demi effacés, ces offres débiles un peu partout: Besoin d'argent? Baptisez votre enfant à notre nom, son avenir sera assuré! Les primes sont très généreuses!

Entre les constructions, de grandes poutres semblent soutenir la ville en entier. Une ramification incroyable relie ensemble tous les buildings, les tours, les maisons, les immeubles d'appartements et les ponts. Comme si toute la cité ne formait qu'un seul corps, inextricable et uni jusqu'au plus profond de ses fondements. Un mince espace libre est aménagé au-dessus des rues pour laisser place à la circulation, mais partout autour s'élèvent ces poutres de fer qui soutiennent les bâtiments. Ces derniers sont absolument loufoques. Ils ont été réaménagés et reconstruits tant de fois que, souvent, les bases ne ressemblent plus du tout aux étages supérieurs. Parfois, les rez-de-chaussée sont même inexistants, les étages supérieurs reposant uniquement sur les poutres de métal.

Une phrase de Mirva, une des premières qu'elle m'a adressées, me revient en tête.

Elle me parlait alors d'un robot… Pierrot. J'ai tenu entre mes mains un morceau de ce robot.

Ici, des robots, il y en a à profusion. En fait, la majorité des piétons que je distingue à travers la brume ont une démarche raide et émettent des bruits métalliques qui résonnent dans l'air épais de la cité. Ces bruits se répercutent dans la ville et dans ma tête aussi. Ces bruits...

Ils me rappellent quelque chose. La seule image qui me vient lorsque j'essaie de me souvenir de plus de détails est un cercle lumineux, rouge. Un cercle immense qui brille dans le noir.

Certains robots ressemblent à des humains normaux, quoiqu'un peu grands. Leurs épaules sont carrées, leur visage est inexpressif, et leur démarche lourde. En tout cas, de loin, on pourrait presque les prendre pour des hommes.

Par contre, il y en a aussi qui ont nettement le look « robot pur sang ». Leur corps se résume à une boîte grise, dont dépasse des bras, des jambes et une vague tête. Ceux-ci se déplacent sur roues, sur plusieurs pieds minces, sur deux jambes ou en lévitant.

Il y a aussi les plus étranges. Ceux qui semblent normaux, que l'on jurerait humains, puis dont les yeux se mettent tout à coup à clignoter alors qu'ils s'arrêtent de marcher pour se mettre à biper.

Kem-Di vient s'appuyer au rebord de la fenêtre, juste à côté de moi.

– C'est ta ville natale. C'est ici que se trouve le plus haut pourcentage de robotisés. C'est ici que ça a commencé à vraiment mal aller.

– Je sais.

Il a le don de me mettre en colère. Il est si hautain ! Vouloir m'en apprendre sur RiveReine, alors que c'est là d'où je viens, du moins, je crois !

Il sourit pour lui-même et continue à m'expliquer autre chose, déjà certain que j'ignore tout.

– Ces poutres ne servent pas à soutenir les immeubles. Elles servent à les empêcher de s'en aller.

– S'en aller ?

Merde. Ça m'a échappé.

– Les lieux se déplacent par ici. L'espace… la terre… Tout ça s'est affaibli, on dirait. Comme le ciel. Et les choses errent. Flottent, à la dérive. Comme la ville au complet est soudée en un seul bloc, elle ne se brise pas en petits morceaux. Alors, ne va pas parler de la fragilité des bâtiments, ou d'autres choses du même genre. D'accord ?

Et il s'en va.

La ville qui se recouvre de grisaille.
Les constructions frénétiques.
Les constructions frénétiques.
La brume…
La brume.
Le ciel qui disparaît.
Les pylônes qui se déploient.
Les pylônes…
Quelque chose à propos des pylônes.
Quelque chose d'important à propos des pylônes.

Quelque chose qui couve comme une mauvaise fièvre.

Les couteaux qui volent dans la brume.

Les poutres.

Les pylônes.

Quelque chose à propos des pylônes.

Seul.

Perdu.

Seul dans les brumes de la ville, je grimpe.

Cherche un point de repère.

Je grimpe et m'assois sur une poutre, m'imagine ce que serait ce moment si je le partageais avec Libelle.

Mais je suis seul.

12

Quelque chose à propos des pylônes.

Je…

Je me souviens de ces pylônes.

Je suis à nouveau dans ma chambre d'hôtel.

Il fait nuit.

Je sors de mon lit et franchis en deux pas la distance qui me sépare de la fenêtre. L'éclairage nocturne de la ville donne à la brume une teinte fausse, diluant les lueurs publicitaires dans une crème blafarde.

Au milieu de cette soupe fluorescente, les pylônes.

Quelque chose à propos des pylônes.

Je m'habille et sors.

Je me dirige vers l'une de ces poutres, mais me fige en cours de route.

Un panneau métallique au loin.

Un grand H sur fond bleu.

L'hôpital.

Les pylônes vont attendre un peu.

J'espère que Vim n'est pas encore mort. Je vais aller le voir.

Je marche une vingtaine de minutes avant d'arriver à destination.

Je passe à la réception. Des infirmiers robotisés m'indiquent la chambre de Vim. Je m'y rends sans avoir à chercher.

La chambre est blanche. Aucune intimité. Le lit est dans le milieu de la pièce et dégage une odeur un peu désagréable. Il sent la rouille.

Un tas d'objets, dont j'ignore l'utilité, s'étendent sur une table dans le fond de la pièce.

Vim.

Je m'arrête de marcher dès que je le vois.

Un de ses yeux est traversé par un tube gris. Celui-ci bouge au rythme lent d'une pompe. Elle exerce à l'intérieur du crâne de Vim une pression ou une succion – difficile à dire, mais je ne tiens pas vraiment à le savoir. Deux autres tubes entrent dans son ventre. Ils sont transparents, et je peux voir qu'une matière brunâtre entre par un des tuyaux et ressort par l'autre. Presque de la même couleur que lorsqu'il entre. Difficile de distinguer les blessures qui proviennent des oiseaux et celles causées par les soins qu'on lui administre. Derrière son œil crevé, une lumière s'allume en même temps qu'un bip retentit dans la pièce, me faisant sursauter.

J'ai fait du bruit en réagissant, et Vim ouvre son seul œil valide.

Il a perdu toute sa force. Il a l'air mort.

– Ryle. Tu… es… venu… me… voir… pour… quoi… tu… es… parti… tu… es… pourquoi ?

Chacun de ses mots séparés par un horrible délai de presque une seconde.

Boîte vocale.

Rien n'arrive à sortir de ma bouche. Même pas de l'air.

– Je… veux… part… pourquoi… tu… es… viens… près… de… moi.

Un autre bip, synchronisé avec cette petite lumière orangée derrière l'œil crevé.

Je ne peux pas bouger.

– Pourquoi… tu… viens… je… veux… mes… lits… je… pars… tu… pourquoi… tu ?

Vim.

Qu'est-ce qu'ils t'ont fait ?

(*Vous gagnez un morceau de robot !*)

– Je… vais… bouger… pourquoi… tu… viens… plus… près… de… moi… peut-être.

(*Plus besoin de dormir avec Amélio-robot !*)

Il me regarde comme s'il attendait une réponse. C'est horrible. Ses sourcils toujours aussi fournis sont levés, sa bouche est ouverte, il lui manque deux ou trois dents. Je l'entends respirer, et sa respiration est lente, tellement lente…

(*Courez à 60 kilomètres à l'heure avec les muscles Pilier-tronics !*)

– Mourir. Je… veux… part… viens… mourir.

(*Vim ne laisse aucune trace de gras!*)

Je jette un coup d'œil à la feuille accrochée au pied de son lit. On lui a installé une demi-douzaine de morceaux de robots. Pour améliorer sa qualité de vie.

Ouais.

Moi aussi, mon ami, je voudrais mourir à ta place.

Je m'en vais.

J'ai la nausée. J'entends sans cesse Vim qui me parle d'un monde qui ne tient plus debout. Et je vois cette lumière au fond de son orbite.

Il faut me rendre à l'évidence. J'ai déjà vécu ici. Les pylônes, les robots, tout ça éveille de trop fortes brûlures en moi.

Étais-je simplement une version de Ryle plus complète?

Qu'ai-je pu oublier d'autre?

Les poutres.

Ce rêve étrange qui m'a réveillé… quelque chose à propos des pylônes.

Je sors de l'hôpital au pas de course, évitant en chemin les infirmiers robotisés qui valsent entre eux.

Une fois dans la fraîcheur de la nuit, je me lance vers un nœud de poutres particulièrement compact.

À proximité de celui-ci, il y a un de ces étranges robots qui semble être en train de réparer un autre robot.

Enfin, difficile à dire. Peut-être qu'ils sont en train de baiser, à ce que j'en sais.

Je me racle la gorge, et la tête du robot réparateur (ou quoi qu'il soit d'autre) se tourne vers moi.

– Je…

Silence. Il me regarde comme si je n'étais qu'un paquet de données variables encore dénué de finalité.

Je l'ignore et commence à escalader une poutre.

– Monsieur, vous ne devriez pas grimper, vous n'êtes pas équipé ou autorisé pour effectuer de pareilles opérations.

Allons donc, le robot réparateur se prend pour ma mère. Je continue à grimper. C'est assez facile en fait, c'est un peu comme une échelle à quatre montants. Le plus vite possible sans prendre de risque, j'escalade la structure de fer.

Peu à peu, la ville disparaît sous mes pieds. J'ai bientôt l'impression de ne plus monter du tout, étant donné qu'il n'y a plus que du gris autour de moi. Le pylône s'élève et s'élève encore, jusqu'à ce que qu'il se joigne, par un bras qui s'avance en oblique vers ma droite, à un autre pylône. Son diamètre ne change même pas avec l'altitude, ou alors si peu que je ne m'en rends pas compte.

Il ne reste plus de la ville que de vagues lueurs multicolores qui se dissolvent une à une dans le brouillard.

Finalement, la brume se dissipe. Je finis par passer au-dessus du nuage, et je peux enfin voir le reste du monde. Je suis, à ma grande surprise, à une altitude effrayante. Si je tombe, j'en meurs, c'est sûr.

D'ici, on entend presque le ciel claquer au vent. Comme un vieux drap usé qui achève son agonie sur une corde à linge râpeuse. En dessous, une bulle grise ondule sous le vent doux de la nuit. Au-delà, la terre râle et se déchire dans des spasmes de douleurs. Même s'il fait noir, je peux voir des fentes se creuser dans la terre et se refermer presque aussitôt, laissant à chaque fois une cicatrice sanglante d'écume boueuse. Certaines de ses failles sont vraiment immenses, leur dimension défie toute logique. Si grandes, et si loin à l'horizon.

Ce cri…

Un frisson terrible traverse tout mon corps. J'en ai des larmes aux yeux.

Ce cri.

Je me sens étourdi. Ce cri me rappelle quelque chose. Je courais dans un brouillard très épais, il y avait quelqu'un avec moi…

Une femme.

Et ce cri remplissait tout.

Puis, comme si quelqu'un me saisissait le crâne pour me le faire tourner, je regarde à l'horizon dans une direction précise.

C'est là. Il fait noir, on ne distingue presque rien,

mais c'est là. Je vois une étoile dans le ciel comme par une minuscule fenêtre. Et s'il y a une étoile…

Je dois revenir demain, lorsqu'il fera clair.

C'est là. Quelque part.

Un nouveau frisson me fait trembler. J'en perds presque prise sur le métal glissant.

Ma tête tourne. Je sais que je vais partir.

Pas maintenant !

Ryle aura-t-il le réflexe de s'accrocher avant de tomber ?

Je m'agrippe de toutes mes forces sur le pylône.

Ne tombe pas, Ryle.

Maintenant que je suis seul, que je suis au bord de l'abîme, juste avant d'y plonger, de redevenir ce hockeyeur que tout le monde aime tant…

Je vois.

Contaminés, les gens sont accros.

Cherchent des morceaux de robots.

Les humains et leur ennuyante imprévisibilité.

Des facteurs variables nuisibles, voilà ce que nous sommes.

Des variables à normaliser.

À assimiler.

Les robots. Ils ne connaissent pas la jalousie. Ils n'ont rien à faire de nos émotions, de nos hauts et de nos bas, de notre amour. Ils ne veulent qu'une chose : une paix morne et sans goût. Plus de guerre, de mésentente, de crise de pleurs ou de joie, plus de surpopulation, plus d'écosystèmes ravagés.

La jalousie, c'est notre affaire à nous.

Les humains.

Ceux qui restent.

Mais ça, tout le monde s'en fiche.

Le ciel n'est plus qu'un ramassis de loques. Qui tient tout juste grâce aux piliers.

Merci, mille fois merci.

La publicité, les horaires téléchargés en début de journée en buvant le café, les bébés parfaits, tellement de bébés parfaits, les rires ne dépassant pas la durée moyenne permise.

Vous gagnez un morceau de robot.

Les gens vivent de moins en moins bien, de plus en plus longtemps.

Personne ne crie.

Des gémissements timides, tout au plus.

Depuis que le ciel s'est déchiré, tout a foiré.

Il n'y a eu qu'une toute petite éraflure dans le bleu magnifique du ciel, et la terre s'est mise à se plaindre.

Les animaux se sont mis à mourir, et on a vu les premiers arbres pousser à l'envers.

Tout a foiré le jour où le ciel s'est déchiré.

Personne n'a compris comment ni pourquoi.

On en a parlé jusqu'à plus soif. On n'a parlé que de ce ciel déchiré pendant des mois, puis les gens se sont lassés.

C'est devenu banal.

Des robots. Des hommes à l'extérieur, mais des robots à l'intérieur.

Graduellement, sans que personne ne se plaigne, tout a continué à foirer.

Les villes se sont isolées les unes des autres. Pas le choix. Voyager se résume à du suicide. On peut se faire avaler tout rond par une vague dans le sol, ou mourir de soif, ou se faire bouffer par ces saloperies d'oiseaux mutants.

On n'a pas étudié la question. On n'a pas tenté de comprendre d'où toute cette merde pouvait bien venir.

On s'est adapté, sans poser de question. Sans se plaindre.

On a encaissé le coup.

13

Quelque chose d'incroyable.

Je ne comprends pas trop ce qui m'arrive, mais Dieu que c'est bon.

Quelque chose sur ma langue…

Je mange !

Quel plaisir, quelle jouissance ! La salive qui coule entre mes dents, les morceaux de nourriture que j'écrase avec ma langue, le goût qui explose dans ma bouche.

C'est tout simplement trop bon !

Les yeux fermés, je me remets à mâcher.

Qu'est-ce que c'est ? De la viande ? Ou peut-être en suis-je déjà au dessert ? Sucré ou salé ?

Je n'en ai aucune idée, mais c'est merveilleux. Je mange pour la première fois.

Merveilleux.

J'ai l'impression que ma salive s'est elle-même imprégnée du goût sublime de ce que je mâche.

J'ouvre les yeux, et Kem-Di et Windows me regardent. Vim, lui, n'est pas là.

Naturellement.

Windows tient sa fourchette à un centimètre de ses lèvres, un morceau brunâtre encore fumant piqué au bout de l'ustensile.

J'ai gaffé.

– Je… J'aime vraiment ça. C'est super manger ici, on devrait revenir plus souvent.

Windows dépose sa fourchette. Trop lentement.

– C'est étrange. Tu viens de dire pratiquement le contraire. Tu disais que c'était mauvais pour notre santé de manger dans un restaurant pour robotisé, et que la nourriture allait nous rendre malade.

Merde et re-merde.

– Je…

– Ne perds pas ton temps. Nous savons tout maintenant.

Kem-di lève une main pour arrêter son collègue et prend la parole.

– Je leur ai expliqué la situation. Le chantage. Ton dédoublement de personnalité. Et maintenant que Vim est mourant, ça ne sert plus à rien de continuer.

Ils savent. Merde. Mais je dois garder mon calme. Ils ne semblent pas s'affoler, je vais en faire autant.

– J'ai fait ça pour me protéger. Et pour protéger Ryle. Je ne savais pas comment vous alliez réagir.

– Plausible. Mais je ne crois pas que ce soit vrai.

J'espère qu'on ne voit pas que je bous de l'intérieur. Mais à la limite, même si on le voyait, ça ne me dérangerait pas tellement. Ça me donnerait une bonne occasion d'exploser.

– Quel est ton véritable objectif ? Pourquoi avoir poussé Ryle jusqu'ici avec nous ?

– J'ai eu une idée hier. Et je crois vraiment pouvoir trouver le ciel. Je vous y emmène tout de suite si vous voulez.

Ma voix est très sincère à mes oreilles. Plus que jamais auparavant. Les autres semblent me croire aussi. Si ça ne fonctionne pas, je casse tout.

– Ne me quittez pas d'une semelle si vous ne me faites pas confiance. Je ne ferai rien d'inconsidéré.

Et je me lève.

Lentement.

Comment réagiront-ils ?

Ils se consultent du regard. Se lèvent aussi.

Bien.

Nous sortons, la ville est d'un gris légèrement plus pâle. À travers le brouillard, le jour ressemble à la nuit. Au-dessus, par contre…

Je verrai.

Mais pour l'instant, je suis désorienté. Où mangions-nous ? Je tourne la tête dans tous les sens, puis…

Ce sentiment de familiarité me reprend. Et je devine où aller.

Arrivé devant le pylône, je m'immobilise.

– Je vais devoir grimper. D'en haut, je verrai. Et je trouverai.

Kem-Di plisse les paupières.

– Comme je n'ai aucune raison de te croire et que le brouillard te camouflera, je vais monter avec toi.

Les hommes s'agitent.

– Windows, tu m'accompagnes.

Comme vous voulez.

Je sens que c'est la bonne chose à faire. Je le sais.

Kem-Di commence à grimper avant moi, puis Windows me suit. Pas de fuite possible.

À chaque fois que je baisse le regard pour poser mes pieds sur les barreaux, j'aperçois le visage haineux de Windows. Il me suit juste assez près pour pouvoir me rattraper en cas de besoin, et juste assez loin pour être hors de ma portée si jamais je décide de lui envoyer des coups de pied. Kem-Di, lui, escalade à toute vitesse sans baisser les yeux. Il a hâte de savoir si je mens.

Je n'en suis moi-même pas certain. Vais-je trouver notre prochaine destination ? Cette mémoire étrange ne m'a pas encore trahi, mais j'ai tout de même peur.

Tant pis. Il est trop tard pour avoir peur.

Nous montons.

Et dès que le brouillard se dissipe, je passe tout près de tomber. La tête me tourne,

(*Si bleu !*)

mes mains sont glissantes de sueur,

(*la terre qui hurle, qui hurle*)

je tremble…

Je vois.

Pas le ciel, non, mais je vois.

Je vois ce bosquet d'arbres morts, éloigné mais accessible. Derrière, comme une promesse timide, le sommet d'une colline.

La colline.

L'arbre qui pousse dessus.

(*il est seul, et sa solitude éveille des échos de compassion en nous*)

C'est là.

On ne peut voir le ciel d'ici. On ne le voit que lorsqu'on se trouve directement en dessous.

Sur la colline.

À côté de l'arbre.

Je le sais.

Je m'en souviens.

Et tout à coup, je me sens déchiré par deux désirs immenses.

Fuir. Retourner à la base. Mourir. N'importe quoi plutôt que d'aller là-bas.

Mais il y a aussi cette soif de savoir, encore plus grande, et…

– Quoi ?

Windows s'impatiente en bas. Kem-Di, lui, me regarde attentivement.

Puis, il se tourne vers l'horizon.

– C'est là. C'est là, n'est-ce pas ?

Je ne réponds pas. Je…

Je ne veux pas qu'ils y aillent.

Tout à coup, ça me frappe comme un coup de poing.

Je…

Je veux y aller seul.

Ce lieu m'appartient. Il fait partie de moi.

– JE VEUX ÊTRE TOUT SEUL !

Ne pas réfléchir.

Ne pas réfléchir.

Je lâche le pylône.

Pas complètement. Juste assez pour glisser.

Mes pieds entrent en collision avec le crâne de Windows, qui tombe aussitôt en tournoyant.

Il met une seconde avant de se mettre à crier, sans doute trop sonné par le choc.

Puis, il disparaît dans la grisaille, et Kem-Di hurle que je suis fou. Il a un fusil dans la main, mais je glisse encore, il ne tirera pas, il ne doit pas tirer

Il tire.

Suis-je touché ? Je ne sens rien.

Je m'arrête de glisser, mais l'arrêt est trop brusque, mes bras me font mal. Alors que je suis suspendu au pylône, mes pieds ne touchent plus rien. Merde, comme ça fait mal ! Mes épaules brûlent, mes mains aussi, mes coudes, tout brûle, mais je dois continuer.

Continuer.

Kem-Di tire encore sans prendre le temps de viser. La balle ricoche tout de même près de moi, la vibration du métal résonne dans mes mains. Trop pressé par sa descente, il m'a raté.

J'y suis presque.

Je n'ai qu'un saut à faire. Un tout petit saut. Une poutre passe juste en dessous de moi.

Un tout petit saut, et je suis libre.

Ne pas réfléchir.

– NON ! RYLE !

Tu te trompes, je ne suis pas Ryle, mais bien sûr, tu ne peux pas savoir. Je n'ai même pas de nom, je suis peut-être Fabrei, qu'est-ce que ça peut changer ? Je vous souhaite tous de brûler en enfer.

Je saute.

Les bras étendus, retenant mon souffle, appréhendant le choc, je saute.

Et la poutre me percute de plein fouet. Je rebondis sur le métal comme un cadavre, sans réussir à m'y accrocher. Une faible vague de douleur me parcourt le corps tout entier, mais elle est engourdie par le choc. Je ne vois plus rien, je ne sens plus rien, je suis dans le vide…

J'ouvre les yeux. Il n'y a plus de bas ni de haut, seulement du gris, et cette damnée poutre qui s'éloigne de moi à toute vitesse...

Une autre poutre aperçue du coin de l'œil. Je tends les mains, les bras, mon corps entier se tend vers elle…

Je réussis à m'y accrocher, et le monde reprend son sens.

Pas le temps de réfléchir. Kem-Di doit être sur le point d'arriver à ma hauteur.

J'assure ma prise sur la poutre, y grimpe pour de bon, puis me lève en équilibre sur vingt centimètres d'acier.

Je voudrais tant regarder derrière moi, mais je pourrais perdre l'équilibre.

Non.

Je cours.

Je me perds dans la forêt de poutres.

Le couteau dans ma main.
Le couteau dans ma main.
Le couteau dans ma main.
Le couteau dans ma main.
Le couteau dans ma main.
Le couteau dans ma main.
Le couteau dans ma main.
Le couteau dans ma main.
Le couteau dans ma main.
Le couteau dans ma main.
Le sang sur ma main.

19

Quelque chose dans ma main, que je tiens contre ma tête. Des rires à mon oreille droite.

L'oreille droite seulement.

Je regarde l'objet.

Je connais ça. C'est un téléphone.

Je le repose sur mon oreille.

– … tu es toujours là ?

– Oui, oui, je… je changeais d'oreille, j'ai la droite en compote.

Des rires. Ses rires. Mirva.

Ils se parlent à nouveau ? Mais qu'est-ce que je vais devoir faire pour les séparer ?

Merde.

Merde et merde et merde.

Il a fallu que tu lui parles ? Il le fallait absolument ?

Je serre les dents, j'en ai mal à la tête.

Ryle, tu es pitoyable. Accro à une femme.

Pitoyable.

– Depuis combien de temps as-tu perdu les autres ?

Perdu ? Au moins, les nouvelles ne sont pas toutes mauvaises. Je les ai semés.

Mais où suis-je donc ?

Rapide coup d'œil.

Je suis encore dans la ville, plus grise que jamais. Elle est grande, cette cité, facile de s'y cacher.

– Une heure environ. J'ai beau les appeler, la brume avale les sons.

– Je t'aime. Reviens sain et sauf. À deux, nous surmonterons cette épreuve.

Elle parle de moi, là ?

Salope.

– Je fais mon possible.

Silence. Merde. Mon ton était peut-être un peu sec. Difficile de camoufler tant de haine.

– Tu sais, j'ai vu mon père hier.

Hein ?

– Ah bon. Et il va bien ?

Pourquoi ai-je l'impression de nager soudain dans le vide ?

– Je te déteste. Tu ne m'enlèveras pas Ryle.

Plus de tonalité.

Elle a raccroché.

Ah.

Je comprends.

Bien joué, Ryle, le coup du code secret.

C'est digne du petit con romantique que tu es.

Bravo.

Je ne me donne pas la peine de reposer le combiné sur son socle.

Je suis à l'extérieur, il fait nuit.

Merde.

Elle sait.

Elle sait que j'existe. Ils ont inventé ce petit code secret pour me démasquer. Je ne pourrai plus jamais les séparer en bluffant maintenant.

Que puis-je faire ?

Je peux bien fuir, mais Ryle tentera de revenir dès qu'il aura le contrôle. Cette lutte n'aura jamais de fin.

Qu'est-ce que je peux faire ?

La colline.

Et je repense à ce que Ryle a fait à la jeep l'autre jour. Il a tenté de vider le réservoir, il a voulu saboter le voyage.

Aurait-il peur de se souvenir ?

Peur de la colline.

Alors, je vais y aller.

Mes pas rapides résonnent dans la ville déserte. Tout le monde dort. Pas de musique tapageuse dans les bars, pas de couple d'ivrognes titubant dans les rues, pas de voitures roulant à toute vitesse.

Je le devine, je le vois presque : à un moment dans la journée, tout le monde s'est arrêté et s'est précipité chez lui. Pour dormir.

Tout le monde en même temps.

Comme s'ils étaient tous programmés.

Je m'en souviens.

C'était déjà comme ça avant que je naisse.

Dans cette autre vie.

Je cours. Vers la colline. Vers le ciel intact.

Kem-Di et les autres en font sans doute autant à l'heure qu'il est. Ils savent où il est maintenant. Depuis le temps qu'ils cherchent, ils vont se précipiter dessus comme des loups en chasse. Et je n'ai aucun moyen de savoir à quel point ils sont en avance sur moi. Ma dernière absence a pu durer une minute ou une journée entière.

Je cours aux limites de la ville. Juste avant d'en sortir, une impression de déjà-vu me saisit. Je m'immobilise. Un frisson me secoue. J'ai l'impression d'avoir déjà été ici, et d'y être mort dans une autre vie.

Malgré moi, mon regard se fait nerveux et saute rapidement d'un détail à un autre.

Puis, je le vois.

Un mur lancé vers moi à toute vitesse comme un train.

Un mur qui me hurle de partir.

Un mur sur lequel est inscrit quelque chose.

Je frissonne à en perdre l'équilibre.

Je tombe plus que je ne m'assois. Et de cet angle, tout me semble encore plus familier.

Je tremble comme une feuille, et mes dents font un vacarme qui m'empêche d'entendre ma propre respiration, aussi effrénée soit-elle.

Ils mettent tout en œuvre.
Nous asservir.
Jaloux, jaloux, jaloux.
Nous asservir.
La fuite est inutile.
Jaloux, jaloux, jaloux.
Jaloux de mon succès, de mon corps d'athlète.
Je suis un roi méprisé dans une ville damnée.
Les rues sont pleines de bruits métalliques.
Même dans l'oubli, la solitude est brûlante.
Les rues sont pleines de yeux rouges.
Les gens font la file pour se faire implanter des morceaux de robot.
Les affiches publicitaires.
La brume.
Les gens qui désespèrent.
Les gens qui font la file.
« Vous gagnez un morceau de robot ! »
Les gens qui font la file.
L'animateur de télévision qui jubile.
« Madame Hadson a donné la bonne réponse, et elle gagne un morceau de robot.
Son choix se fixe sur les seins qui sécrètent du café noir. Pratique et discret. »
Je n'arrive même plus à pleurer.

Je n'en ai pas réellement envie.

« Vous gagnez un morceau de robot! »

« Vim ne laisse aucune trace de gras sur vos assiettes! »

« Un morceau de robot! »

« Monsieur Targent a donné une bonne réponse. Il choisit le nez sélectif. Plus besoin d'endurer les odeurs pestilentielles qui s'échappent des coins sombres de la ville. »

Ma ville.

Leur ville.

Assimilation.

Les bébés parfaits qu'on baptise pour de l'argent.

Leur ville.

Les pitoyables manifestations pour le droit à la liberté d'idéologie.

Les pitoyables manifestations pour le droit à la liberté.

Leur ville.

Leur ville.

Libelle.

Pardonne-moi.

15

« Il n'y a pas de ciel. »

C'est ce qui est écrit sur le mur. Il n'y a pas de ciel. C'est moi qui ai écrit ça.

Moi.

Dans une autre vie.

« Il n'y a pas de ciel. »

J'ai écrit ça.

Seul ?

Non.

J'ai un immense trou dans la tête, et c'est mon passé qui agonise au fond. Tout ça est si sombre, lointain…

Je n'étais pas seul.

Je recommence à courir.

Vers le ciel intact.

C'est là que je dois aller, c'est là que j'ai laissé ma mémoire.

Et je dois y arriver avant Kem-Di. Je dois l'empêcher de profaner mes souvenirs. De les souiller de sa présence.

Ce lieu est sacré.

Il m'appartient.

Comment ai-je pu oublier ça? J'en suis certain à présent. Dans cette autre vie, c'était mon sanctuaire. Quand je l'ai vu du haut du pylône, cette nostalgie si douloureuse, si aiguë…

Je dois y retourner.

Je sors rapidement de RiveReine. Plutôt pratique d'avoir un corps en santé. Je peux courir longtemps sans me fatiguer. Je cours modérément, certes, mais c'est déjà mieux que la marche.

À peine sorti de la brume de la ville, le sol commence à gronder. Il bouge sous moi, je perds même l'équilibre à l'occasion.

Mais j'ai l'habitude.

J'ai déjà fait ça. Dans cette autre vie.

La température baisse aussi. Je ne tarde pas à voir de fébriles nuages blancs clignoter devant ma bouche.

Le bosquet d'arbres grandit à l'horizon. J'approche.

Je m'étonne que Ryle ne se manifeste pas. Il est étrange de penser que ma vie se morcelle en épisodes si courts. Ryle, lui, a eu tout le reste. Et moi, je bouscule tout en quelques heures à peine.

Je n'ai aucuns remords. Après tout, je ne le connais pas. Je ne lui ai jamais parlé. Sans compter que lui non plus ne fait pas d'effort pour améliorer ma condition.

Et il sait que j'existe.

A-t-il peur que je lui vole sa vie ?

Bah.

Tant pis.

J'aperçois la jeep à quelques centaines de mètres. Ici, le sol danse comme la mer; je monte et redescends en un roulis nauséeux. Il est très difficile de courir ainsi, alors je marche maintenant. Mais comme je voudrais courir.

La jeep, juste là.

Qui est encore à l'intérieur ? Que fait-elle là ? Une panne ?

Le soleil s'approche de l'horizon, peut-être font-ils halte pour la nuit.

Pourtant, le bosquet est tout près ! Si je disposais de leur véhicule, j'aurais poursuivi ma route.

Regarder l'horizon apparaître et disparaître derrière les vagues du sol me donne le tournis. J'ai sans cesse l'impression que je vais tomber dans la terre et devoir me mettre à nager pour continuer. C'est affolant.

Par contre, les vagues me donnent aussi une couverture idéale. Si je reste accroupi, personne ne me verra approcher.

Je m'oriente donc de façon à éviter la jeep et le campement. Et le temps presse. Si Ryle revient maintenant, il va tout de suite se livrer à Kem-Di, et ce sera fini pour moi.

Soudain, je comprends quelque chose.

Ils m'attendent. S'ils n'ont pas avancé davantage, c'est pour me piéger. Ils auraient sans doute eu le temps de se rendre jusqu'à la colline avec la jeep.

Non.

Ça ne doit pas arriver.

Je me concentre sur ce que j'ai à faire. Sur mon rôle.

Je ne suis tout de même pas apparu dans la tête de Ryle pour rien, non ? Il doit bien y avoir une raison.

Il a certainement besoin de moi pour quelque chose.

Quoi ?

Quoi donc ?

Je me concentre sur cette idée. Je suis là pour quelque chose. Et je dois à tout prix arriver à cette colline.

Cela fait partie de mon rôle. J'en suis certain.

J'ai presque fini de contourner le campement maintenant.

Dans une dizaine de minutes, je pourrai me redresser et avancer plus vite.

Alors, il n'y aura plus que cette ligne d'arbres à franchir.

Et j'y serai.

– EH ! LÀ-BAS !

Merde.

Un homme caché, loin du campement, m'a vu.

Je cours.

Je tombe, je roule, je rebondis sur les vagues qui me soulèvent et me bousculent.

Derrière moi, on bouge. On court, on crie, on fait du bruit.

On veut m'attraper.

Je me relève, il fait noir, je dois lever mes pieds à une hauteur ridicule si je ne veux pas m'effondrer à chaque pas. Et quand, soudain, un creux de vague ouvre la gueule devant moi, j'y plonge aveuglement. Je dois battre les bras comme un fou pour garder l'équilibre.

Au moins, c'est aussi difficile pour eux.

Je les entends peiner et trébucher.

Je suis soulagé qu'ils ne tirent pas. Ils doivent vouloir me capturer pour aider Ryle, qui selon eux est une victime.

Victime d'un trouble psychiatrique grave.

Après une éternité, après avoir entendu le souffle rauque de l'homme qui est en train de me rattraper, j'atteins le bosquet. Le sol est immobile ici.

Je double de vitesse, ignorant ma gorge brûlante et les crampes qui menacent de transformer mes mollets en deux pierres douloureuses.

Je la vois.

La colline. Entre les branches sèches des arbres morts, elle trône là.

Je la grimpe en trébuchant, mes jambes n'arrivent plus à me porter, je m'appuie sur les mains, et de l'herbe, de l'herbe, de l'herbe, de l'herbe entre mes doigts, et les portes de ma mémoire s'ouvrent, sauf que ce n'est pas la lumière qu'il y a derrière, c'est la nuit, la nuit, la nuit…

Et la pluie.

– Il ne peut pas s'enfuir ! On le tient !

Cette voix vient de l'avant, de l'autre côté de la colline.

Je m'en fous.

Je continue à grimper, la rosée me redonne des forces, je dois arriver en haut.

On me saisit la cheville. De mon pied libre, je lance un violent coup au visage de celui qui tentait de m'attraper.

Il se renverse en arrière et dégringole le long de la colline.

Je monte.

Je monte.

Je ne regarde pas au-dessus de moi.

Pas encore.

Pas encore.

Le soleil est sur le point de se lever, l'horizon est blanc comme de la peau sur le point de se déchirer. Je devine que le ciel sera orange, sera magnifique, sera splendide.

Pas encore.

Pas encore.

Je monte.

– On le tient !

J'y suis.

Au sommet.

Alors, je ferme les yeux, je me laisse tomber sur le dos et…

Je regarde.

Et c'est un feu rougeoyant qui descend entre les branches de l'arbre, directement sur moi. Le ciel. Le vrai. Celui qui nous a vus ensemble, moi et…

Dans sa main, mon couteau.

« Tue-moi. »

Ce sourire, toujours.

Mon estomac est tout à coup devenu une pierre.

« S'il te plaît, fais-le. Je n'y arrive pas. »

La pluie qui commence à tomber.

La pluie dans le noir, cette fois si froide.

« Tu continueras à vivre, tu oublieras. Pas moi. Je ne serai jamais heureuse ici. »

Je réfléchis : ne dis rien à Libelle, mais suicide-toi après. Ça ne sert à rien de toute façon, ça ou devenir un robot, quelle est la différence ?

Laisse-lui croire que tu vivras.

C'est ce que je me dis, mais aussitôt, Libelle serre les lèvres.

Elle voit en moi.

« Non. Pas toi. Toi, tu dois vivre. Tu oublieras, mais pas tout. Il restera toujours quelque chose de nous deux, en toi. »

« D'accord, Libelle. Je vais vivre. »

Il pleut de plus en plus, et la nuit nous frigorifie.

Je frissonne, elle aussi.

Elle s'agenouille en face de moi, et je l'accompagne immédiatement.

Elle me tend le couteau.

Ses yeux merveilleux sont fixés sur les miens, ses cheveux collent à sa peau parfaite.

Elle pose ses mains sur mes épaules et me regarde.

« Promets-le-moi, Ryle. Jure-le sur notre amour. »

Alors, mes sanglots éclatent. Mon visage se crispe tout à coup, un gémissement s'échappe de ma gorge.

Ses mains glaciales sur mes épaules, ses yeux qui transpercent les miens.

« Ryle… Vis. Pour que tout ça ne soit pas arrivé pour rien. »

Le couteau qui salit mes mains jusqu'au plus profond de mon âme.

Le couteau qui me brûle littéralement, et qui est si lourd, mon Dieu, si lourd…

– Nous ne sommes pas obligés de mourir ! Nous pouvons continuer comme nous le faisions avant !

– Ryle, tu es le seul à qui ça pourrait convenir…

– Nous pouvons partir ! Je redeviendrai comme avant !

– Pour aller où ? Nous n'atteindrons jamais d'autres villes.

Aucune réponse possible à ça. À quel point pourrais-je me dissoudre ? Jusqu'à oublier comment cet endroit était sacré ? Unique ?

J'entends un hurlement, mais il n'y a personne d'autre que nous. C'est sans doute moi qui crie.

Elle se tient là, en face de moi, à genoux, me regardant, m'implorant.

Un seul mot virevolte dans ma tête : non, non, non, non !

Je ne veux pas faire ça, je ne veux pas, mais je veux oublier aussi.

J'ai si mal.

Le suicide ?

Chacun le sien.

Elle mourrait, j'oublierais. C'est horrible, pire que tout.

Elle est devant moi, immobile, mais parfois brusquée par de violents frissons.

Le couteau pèse des tonnes dans mes mains.

Libelle qui reste devant moi, mon ventre qui s'est transformé en pierre, ma gorge qui ne laisse de place qu'à des sanglots incontrôlables, tout m'ordonne de le faire.

Jamais rien dans toute ma vie ne sera aussi irréversible que cet instant.

Je suis au bord d'un ravin, je n'ai pas le choix de sauter, et je sais que je ne pourrai jamais remonter.

Je soulève le couteau, et je tremble tant que je me coupe moi-même la paume de la main.

Elle prend mes mains dans les siennes et répète :

« Jure-le-moi, Ryle. Sur notre amour. »

Je hurle que je ne veux pas, que je veux mourir avec

elle, mais elle continue à me regarder. Je ne peux que pleurer. Ses mains tirent les miennes vers sa poitrine, sa poitrine si frêle.

Je hurle, et elle chuchote.

Mais je n'entends qu'elle.

« Jure-le-moi. Sur notre amour. »

Le couteau qui s'approche de son corps.

Lentement. Doucement.

– S'il te plaît. Fais-le.

Elle pleure.

Des larmes sur mes joues. Des gouttes de pluie dans mes yeux.

La nuit.

La pluie. Assourdissante dans le silence.

Le tonnerre.

Nous sursautons tous les deux.

– D'accord. Je le promets. À toi, à moi aussi.

Nous nous regardons.

– Je t'aime.

Le tonnerre résonne dans le monde entier.

Dans mon âme.

Elle, qui sursaute.

Qui s'écroule sur moi.

Paisible.

Ma promesse, qui se répète sans cesse dans ma tête.

La promesse que je lui ai faite, et celle que je me suis faite à moi-même.

Deux choses tout à fait différentes.

Deux promesses. Vivre. Vivre pour elle.

Et une autre promesse, pour moi…
La pluie.
La pluie.
La pluie.

Et jamais, de toute ma vie, je n'aimerai d'autre femme.
Je lui serai fidèle jusqu'à la fin.
Ma promesse.

16

– Tu es bien certain de vouloir le faire ?

Mes lèvres sont déjà arrondies sur un oui assuré. Que je ne prononce pas.

– Je ne peux pas être d'accord avec ça. Mais si tu y tiens…

Kem-Di me fixe avec des yeux emplis d'une empathie surprenante.

De quoi parle-t-il ?

Où suis-je ?

Il fait clair. Dehors. Le bruit du sol qui se déchaîne.

Nous sommes toujours sur la colline.

Tout se mélange.

Une promesse.

Une promesse sacrée.

Ryle qui oublie Libelle.

Libelle.

Je l'aimais. Il l'aimait lui aussi. Maintenant, il souille sa mémoire avec cette Mirva.

Il la trahit, et me trahit, moi.

Je suis la promesse qu'il s'est faite. C'est mon rôle, ma raison d'être.

Je suis le gardien de la mémoire de Libelle.

– Immobilisez-le !

Kem-Di me regarde comme si…

On accourt à toute vitesse. Sans réfléchir, j'essaie de fuir.

On me plaque au sol.

Le souffle coupé, je pleure.

Elle est morte.

Le couteau dans ma main.

La pluie sur mes épaules. Ici même, sous l'arbre.

Comment pourrais-je penser à autre chose ?

Qu'on m'attrape. Qu'on me frappe. Qu'on me tue.

Pour l'instant, j'ai retrouvé Libelle, et c'est tout ce qui compte. Je me souviens d'elle, et c'est réellement tout ce qui compte.

On me lie les bras et les pieds, puis on me jette dans la jeep.

Je ne résiste pas.

Nous nous mettons en route, et, à ma grande surprise, nous ne nous dirigeons pas directement vers l'ancienne école.

Nous allons vers RiveReine.

Kem-Di me jette sans cesse des coups d'œil vibrants d'espoir. Il m'observe un peu, puis semble comprendre que je suis toujours moi.

Ils ont sans doute convenu d'un code qui leur permet de savoir immédiatement lequel de nous deux est aux commandes.

C'est fini.

On me ramène à Mirva, cette parodie d'amante, cette pâle copie de Libelle, cette vulgaire femme insignifiante.

Comment Ryle peut-il tout gâcher pour une femme pareille ?

Libelle…

L'oublier à ce point est un sacrilège.

Un blasphème.

La première fois. Ma naissance.

J'étais avec Mirva.

C'est là que Ryle est tombé en amour.

Il a fait la gaffe de tomber en amour, de voir cette fille et d'oublier Libelle.

Il m'a donné une raison d'exister.

C'est au moment de leur rencontre, de cette conne de Mirva et de Ryle, que je suis arrivé.

L'excitation mêlée d'un arrière-goût de désespoir…

Mes bagages.

Mon casque de joueur, ma collection de bâtons, mes rondelles, mes vêtements souvenirs…

L'excitation.

Un certain Vim qui croit que mon expérience pourrait servir.

Une conférence.

Comment j'ai pu quitter le monde du hockey après y avoir sombré deux fois.

Il ne faut pas perdre espoir.

Tout ça est bien joli.

Bien joli.

11

Où suis-je ? Aucune idée.

Je suis dans une chambre.

C'est tout ce que je peux deviner.

Je ne peux pas bouger.

– Je me douterais bien que tu viendrais une dernière fois.

Kem-Di. Qui sait déjà qui je suis.

– C'est Ryle qui a insisté. Ils vont t'installer un morceau de robot.

Tant de tristesse dans sa voix.

– J'étais son ami, tu sais. Mais il a tellement peur. Peur de toi. Il veut passer à autre chose. Oublier le passé.

– Qu'est-ce que c'est, cette histoire de robot ?

Je n'aime pas ça. Je n'aime pas ça du tout.

– Il veut vivre. Vivre le présent. Avec Mirva.

– NON !

J'essaie de me débattre. De me lever, de sauter sur Kem-Di pour l'étrangler, mais mes bras bougent à peine, mes jambes sont engourdies…

– Tu es sous anesthésie. L'opération commencera bientôt.

– NOOOON !

Pas possible, non, je ne veux pas, pas ça, non, je ne veux pas !

– Ryle parlait dans son sommeil. Libelle. Qui est-elle ? Je peux encore t'aider. Vous aider tous les deux.

– Va te faire foutre ! Elle est trop parfaite pour toi ! Pour Ryle ! Pour vous tous ! Laissez-moi ! LAISSEZ-MOI !

Mon souffle est court.

Libelle.

Mes yeux se ferment.

Je me doutais bien que tu viendrais une dernière fois.

Non.

Non, non, non, non, non, non, non ! ! !

11

Je suis là.

Je me doutais bien que tu viendrais une dernière fois.

Tout va bien. Je suis toujours là.

Je suis là.

Dans la chambre d'hôpital de RiveReine.

Des pas qui s'approchent.

La porte s'ouvre.

Mirva.

Je serre les dents.

Bip, bip, bip, bip.

D'où vient ce bruit ?

C'est insupportable !

Il me manque une dent.

Je vais la tuer.

Bip, bip, bip.

Je vais me lever de ce lit et la tuer.

Il n'y aura plus aucun problème, Ryle n'aura plus le choix de tenir sa promesse.

Je vais me lever, et tout rentrera dans l'ordre.

19

Je suis ailleurs. Dehors, assis sur un banc. Mirva est à côté de moi.

Je me sens si mal !

Mirva caresse mes cheveux. Qui sont soudainement trop longs.

Combien de temps s'est passé depuis la dernière fois ? Combien de mois ?

Ils sont ensemble.

Je suis en train de perdre.

Je vais disparaître; Ryle est avec Mirva, ils sont heureux.

Elle sourit et me regarde, amoureuse.

Je vais vomir.

Combien de temps ?

Où suis-je ?

Ne pas perdre de temps. Je dois la tuer.

La tuer.

Bip, bip, bip.

La tuer, ne pas perdre de temps.

28

Cette fois, je panique.

Je suis en train de perdre la partie. Ni plus ni moins.

À chaque fois, ce bruit impossible qui sort de nulle part.

Je ne comprends rien.

Je suis au volant cette fois. Un petit véhicule, sur une route relativement peu fréquentée.

Je ne sais pas conduire.

Qu'est-ce que je dois faire ?

J'ai tellement envie d'appuyer sur n'importe quoi, de tout péter. Merde, Ryle, qu'est-ce que tu m'as fait ?

Bip, bip, bip.

Je passe la langue dans le trou laissé par ma dent disparue.

Sous la gencive, tout près, je sens quelque chose de froid.

Métallique.

Je vais m'écraser contre une autre voiture, je vais mourir, et ce sera tant mieux. Ryle ne pourra plus être avec cette salope, cette salope, cette salope. Je vais mourir, et c'est tant mieux.

Parfait.

21

Mirva est tout juste en face de moi.

Nue. Son visage tout près du mien.

Je suis nu aussi.

Je suis sur elle.

En elle.

Non.

Non, pas ça.

Non.

Non, pas ça.

J'enlève la main qui caressait son visage, comme si je venais de me brûler à sa peau.

Elle me consume, me brûle, je dois…

Bip.

Bip.

Je dois faire quelque chose, ils ont sûrement changé quelque chose, je dois…

Bip.

Bip.

22

Je dois me calmer. Si je veux pouvoir penser, je dois me calmer.

Je passe une main dans mes cheveux. Qui ont été coupés.

Je dois penser.

Ne pas paniquer.

Je me fiche de l'endroit où je me trouve.

Pas important.

Qu'est-ce que je dois faire ?

Ce bruit.

Je dois trouver d'où vient le bruit.

Mais j'ai peur de savoir déjà.

J'ai peur. Je sais que je devrais toucher mon visage, mais…

J'ai tellement peur de ce que je vais y découvrir.

Vim.

Bip.

23

Assez.

Je ferme les yeux, ils étaient déjà fermés, je ne sais pas, peu importe.

J'en ai assez. Je me fais hacher en de tout petits morceaux.

J'ai le cerveau en compote.

Ryle aussi.

Je le sais.

Assez.

Je porte les mains devant moi, je perds l'équilibre.

Un comptoir.

J'ouvre les yeux.

Je suis dans la salle de bains.

Une salle de bains. Je ne sais pas laquelle, je ne sais pas où ni dans quel bâtiment.

Mon Dieu.

Ce n'est pas moi dans le miroir. Ce n'est qu'une…

Une horreur.
Bip, bip, bip.

29

J'ai vu.

J'ai bien vu, même si je n'ai pas eu beaucoup de temps.

J'ai eu le temps de voir du métal et de la lumière.

Une plaque de métal qui me mange la moitié supérieure de la tête.

Une lumière qui clignote.

À chaque fois qu'elle s'allume : bip, bip, bip.

Dans ma tête. Trop fort, partout dans ma tête, dans mon corps : bip, bip, bip.

Bravo, Ryle, tu as gagné un magnifique morceau de robot.

Je ne me laisserai pas faire.

Non, jamais.

Bip, bip, bip.

Je finirai bien par t'avoir.

Bip. Bip tant que tu voudras.

25

Ne penser à rien.
Je sais qu'elle est là.
Ne penser à rien.
Le vide.
Elle est assise à côté de moi.
Mon bras est passé sur son épaule.
Le silence dans ma tête.
Le vide.
Ne pas donner l'alerte.
Caresser son visage, sans penser à rien.
Ne pas l'écouter quand elle me demande si je vais bien.
Ne pas l'écouter quand elle me dit que j'ai l'air étrange.
Ne penser à rien.
Rien.
Caresser son visage.

Bip.
Ne penser à rien.
Trop tard.
Je le sens.
Je lève les mains vers elle, je montre les dents.
Je vais lui briser le cou, et je vais enfin être libre.
Bip.
Bip.

26

Il fait nuit. Agir. Vite.

Nous dormons ensemble, bien entendu.

Vite.

Agir.

Je me penche vers elle comme pour l'embrasser.

Vite. Il ne me reste déjà plus de temps, je le sens.

Bip.

Je me penche sur elle, me fous de la réveiller, prends sa tête et me lance vers son cou, la bouche ouverte.

Bip.

Sa peau est tendre.

Je mords.

Son sang est délicieux.

Bip.

Son sang est délicieux.

Bip.

21

Des barreaux. Je suis en prison.

Coupable. Je plaide coupable.

Je souris.

Je goûte encore le sang de Mirva, le sang qui a giclé d'un coup de sa peau blanche.

Je souris.

Ce goût-là…

Divin.

Bip, bip, bip.

Je vais le goûter toute ma vie.

Tu es content de toi, Ryle ? Regarde tout ce que tu m'as fait faire.

Bip, bip, bip.

21

Tout à coup, une secousse terrible, et je tombe, je tombe, mais je m'accroche de justesse, les pieds suspendus dans le vide.

Une porte de métal, avec une minuscule fenêtre traversée par des barreaux, passe à toute vitesse tout près de moi. Elle tombe dans le noir sans un son.

Je grimpe sur la corniche qui m'a sauvé la vie.

En haut, des mètres et des mètres de terre en furie.

Je grimpe.

29

Les éclairs le ciel tout noir obscur le rempli d'éclairs c'est si beau mais j'ai peur bipbipbip à devenir fou Libelle comme je regrette me pardon me pardonneras-tu bipbipbipbipbipbipbipbip Libelle mon amour le le le monde sera comme nous le méritons tout ira bien bipbip les éclairs j'ai peur j'ai peur des éclairs dans ma tête

Les éclairs, les éclairs dans le ciel…

Dans ma tête. Ils sont dans ma tête, les éclairs.

J'ouvre les yeux.

Bleu.

Le ciel bleu, qui s'étend… qui s'étend !

– Ne bouge pas tout de suite. Donne-moi une petite seconde.

Cette voix…

Puis, la douleur, une douleur atroce me déchire la

tête. Tout à coup, tout grince, tout brûle, tout secoue, je tremble, je m'entends hurler comme à travers un rêve, mais alors tout est fini, et je referme les yeux, épuisé.

– Désolé. Il fallait que je te referme.

Je tourne la tête, entrouvre les yeux.

Quelqu'un que je ne reconnais pas.

Pas tout de suite.

Puis, j'ai un haut-le-cœur en comprenant.

C'est Kem-Di. Il est adulte maintenant.

Ses épaules sont toujours aussi étroites, il s'est seulement allongé. Un début de barbe recouvre son menton.

Je m'assois. Et je reconnais aussitôt l'endroit où je me trouve.

La colline sous le ciel intact.

Sauf que tout a changé. Il y a de l'herbe partout, les arbres qui entourent la colline ont repris vie, et le ciel…

Le ciel est si grand !

Il recouvre tout sur des kilomètres à la ronde.

Et il y a des gens. Des habitations.

Des jardins.

– Une fosse s'est ouverte juste sous la prison où tu étais retenu prisonnier. Tout s'est écroulé, beaucoup de gens sont morts. Mais j'étais persuadé que tu survivrais.

– On ne m'a pas poursuivi ?

– C'est la fin du monde là-bas. Pas le temps de se préoccuper des criminels morts dans une fosse.

– La fin du monde ?

– Oublie ça. Repose-toi. J'ai débranché ce qu'ils t'avaient installé.

Le ciel.

Tous ces gens qui vivent. Heureux.

Vrais.

Libelle.

Nous pourrions nous aimer ici.

Une larme coule sur ma joue.

Kem-Di qui me regarde avec un sourire compatissant.

– Quand tu as tué Mirva, j'ai été surpris de découvrir que je n'étais pas en colère contre toi.

Perplexe, je ne réponds rien.

– J'ai plutôt ressenti une grande peine. Ryle n'était plus le même depuis cette opération. Ou cette robotisation. Mirva prétendait que tout allait bien, mais je pouvais voir la peur dans ses yeux. Et…

Il lève la tête vers le ciel.

– J'ai toujours senti que tu étais quelqu'un de bien. Effrayé, perdu, certes, mais… bien. Et les gens de la base venaient s'installer ici, et tout était si merveilleux, je…

Il me regarde, ému.

– C'est grâce à toi que nous avons fini par trouver. Nous te devons ce paradis. Alors, quand la prison s'est effondrée, j'ai cru que… J'ai voulu…

– Merci.

Je voudrais bien trouver autre chose à dire. Mais c'est tout ce qui me vient en tête.

– Merci pour tout.

Étrange. Selon mes derniers souvenirs, Kem-Di me tirait dessus pendant une poursuite complètement dingue. Et maintenant…

– Je m'appelle Fabrei.

Il me regarde, stupéfait. Je prends une profonde inspiration. J'ignore si lui raconter tout ça l'aidera vraiment à comprendre. J'ignore si Ryle peut m'entendre de là où il se trouve.

Mais ça me fera du bien, à moi.

– J'ai découvert cet endroit avec une femme exceptionnelle qui s'appelait Libelle…

BIOGRAPHIE

Né en 1984 au Lac Saint-Jean, Dave Côté partage son imaginaire unique dans ce premier roman de science-fiction. Vous avez sans doute déjà remarqué son nom si vous lisez les revues Solaris et Brins d'Éternité : il y a déjà publié des nouvelles qui dévoilaient un aperçu de son talent pour jongler avec les mots, pour présenter des idées originales et pour donner naissance à des personnages bien vivants. Le roman Noir Azur confirme le talent d'un auteur prometteur qui vous offre une vision personnelle et troublante d'un monde hostile où l'humanité doit reprendre sa place... ou s'éteindre.

Merci à Jean-Francois Caron pour
m'avoir donné le courage,
Merci à Jessica pour sa présence et sa confiance
sans vous deux je n'en serais pas là.

Collection Les Six Brumes

1. *L'Aurore*, collectif, **recueil de nouvelles**, 2002
2. *Ombres*, Jonathan Reynolds, **roman fantastique**, 2002
3. *Mach Avel*, Simon St-Onge, **roman de fantasy**, 2002
4. *Les suppliciés*, Claude Messier, **roman policier**, 2003
5. *Équinoxe*, collectif, **recueil de nouvelles**, 2004
6. *Nocturne*, Jonathan Reynolds, **roman d'horreur**, 2005
7. *Alégracia et le Serpent d'Argent*,
   Dominic Bellavance, **roman de fantasy**, 2005
8. *Alégracia et les Xayiris, volume I*,
   Dominic Bellavance, **roman de fantasy**, 2006
9. *Alégracia et les Xayiris, volume II*,
   Dominic Bellavance, **roman de fantasy,** 2007
10. *Alégracia et le Dernier Assaut*,
    Dominic Bellavance, **roman de fantasy**, 2009
11. *Silencieuses*, Jonathan Reynolds,
    recueil de nouvelles, 2008
12. *Morphoses*, Mathieu Fortin,
    nouvelles fantastiques, 2010
13. *Noir Azur*, Dave Côté, **roman de science-fiction**, 2012

Collection Frontières

1. *Résonances*, collectif,
   recueil de nouvelles de la MRC Drummond, 2007

Collection Nova

1. *L'Ancienne Famille*, Michel J. Lévesque,
   novella de fantasy, 2007
2. *Erzébeth Bathory : comtesse sanglante*, Sophie Dabat,
   novella de fantastique, 2007
3. *Le Loup du Sanatorium*, Mathieu Fortin,
   novella d'horreur, 2008
4. *La Légende de McNeil*, Jonathan Reynolds,
   novella de fantastique, 2008
5. *Sintara et le scarabée de Mechaeom*, Dominic Bellavance,
   novella de fantasy, 2010
6. *L'Aquilon*, Carl Rocheleau,
   novella de science-fiction, 2010
7. *Kinderesser*, Marie Laporte,
   novella de policier, 2010
8. *Flyona*, Caroline Lacroix,
   novella de science-fiction, 2011

L'Imaginaire québécois et francophone
sur **www.sixbrumes.com** !

La production de ce titre sur du papier Rolland Enviro 100 Édition
plutôt que du papier vierge réduit votre empreinte écologique de :

Arbre(s) : 3 | Eau : 9865 L
Déchets solides : 149 kg | Émissions atmosphériques : 388 kg

Imprimé par Transcontinental. Pages intérieures imprimées sur Rolland Enviro 100, contenant 100% de fibres recyclées postconsommation, certifié Éco-Logo, Procédé sans chlore, FSC Recyclé et fabriqué à partir d'énergie biogaz.